DU MÊME AUTEUR

Aux Éditions Gallimard

RACONTEUR D'HISTOIRES, *nouvelles* (« Folio », *n° 4112*).

ITINÉRAIRE D'UN SALAUD ORDINAIRE (« Folio », *n° 4603*).

PETIT ÉLOGE DES FAITS-DIVERS (« Folio 2 € », *n° 4788*).

CAMARADES DE CLASSE, *roman* (« Folio », *n° 4982*).

Dans la collection Série Noire

MEURTRES POUR MÉMOIRE, *n° 1945* (« Folio policier, *n° 15*). Grand prix de la Littérature Policière 1984 — Prix Paul Vaillant-Couturier 1984.

LE GÉANT INACHEVÉ, *n° 1956* (« Folio policier », *71*). Prix 813 du Roman Noir 1983.

LE DER DES DERS, *n° 1986* (« Folio policier », *n° 59*).

MÉTROPOLICE, *n° 2009* (« Folio », *n° 2971* et « Folio policier », *n° 86*).

LE BOURREAU ET SON DOUBLE, *n° 2061* (« Folio policier », *n° 42*).

LUMIÈRE NOIRE, *n° 2109* (« Folio policier », *n° 65*).

12, RUE MECKERT, *n° 2621* (« Folio policier », *n° 299*).

JE TUE IL..., *n° 2694* (« Folio policier », *n° 403*).

MAIN COURANTE *et* AUTRES LIEUX (« Folio », *n° 4222*).

CEINTURE ROUGE *précédé de* CORVÉE DE BOIS. Nouvelles extraites de *Raconteur d'histoires* (« Folio », *n° 4146*).

LEURRE DE VÉRITÉ et autres nouvelles (extraites de *Zapping*) « Folio », *n° 3632*.

Dans « Page Blanche » et « Frontières »

À LOUER SANS COMMISSION.

LA COULEUR DU NOIR.

Dans « La Bibliothèque Gallimard »

MEURTRES POUR MÉMOIRE. *Dossier pédagogique par Marianne Genzling, n° 35.*

Suite des œuvres de Didier Daeninckx en fin de volume

GALADIO

DIDIER DAENINCKX

GALADIO

roman

nrf

GALLIMARD

CHAPITRE 1

La mort de Takouze

En hiver, ici à Ruhrort, le Rhin étire ses méandres aux reflets métalliques sur lesquels, par centaines, les voiliers, les vapeurs glissent en silence tandis que des convois interminables tirés par des locomotives accolées font trembler les arcades ajourées du pont de fer. La fumée noire des machines à la peine se fond instantanément dans le gris des nuages. Il neige depuis deux jours, et l'on ne fait déjà plus la différence entre la boue blanchie des berges et le béton des installations portuaires. Par endroits, là où le vent s'engouffre, l'eau des mares se fige. On y fera bientôt du patin. Comme chaque matin après avoir acheté le pain, je m'arrête à hauteur des entrepôts Gerson, fasciné par le rougeoiement des aciéries Phönix dont les dizaines de cheminées effilées tracent comme des barreaux sur un horizon de plomb. J'attends. J'attends qu'un ouvrier, là-bas, commande une coulée de métal en fusion, que son geste illumine le ciel, lui donnant la couleur orangée des soirées d'été. Tout alors devient différent. L'incendie liquide libère des millions d'étincelles. Elles partent en tous sens, comme des étoiles filantes nées de la terre, alors que l'acier en feu sorti des convertisseurs emplit les godets. C'est à ce moment que me parvient le bruit que fait cette lave en se nourrissant d'air pour progresser. Une sorte d'aspiration décalée qui provoque le frisson.

C'est là que ma mère travaille.

Il faut que je me dépêche pour arriver à la maison avant elle, avoir le temps de préparer son déjeuner. Le jour peine à s'imposer aux ténèbres, même si un soleil pâle et furtif parvient à projeter sur le sol neigeux l'ombre des grues géantes qui puisent le minerai dans les profondeurs des navires. Je m'amuse à suivre le déplacement des croisillons sur la terre durcie, m'inventant des peurs si je n'arrive pas à accorder mes pas à leur trace mouvante. Je prends un peu de mie sur la tranche du pain que je tiens sous mon bras. Il me faut franchir une écluse par le passage étroit ménagé au-dessus des vannes, le regard attiré, jusqu'au vertige, par le remous des eaux. Plus loin, dans un bassin à sec, des hommes installent un échafaudage autour de la coque rouillée du *Vulkan*, l'un des cargos qui alimentent en charbon et en coke les hauts-fourneaux de l'empire industriel des Thyssen. Il ne me reste plus que quelques centaines de mètres à couvrir en longeant la petite ligne de chemin de fer bordée de platanes pour rejoindre la rue Ulrich-Zwingli. Je connais un raccourci : il suffit de pousser un portillon, d'emprunter le couloir réservé aux voyageurs, à gauche de la gare... Le contrôleur laisse faire. Il se contente de porter son sifflet à ses lèvres, mais il souffle dans le vide. C'est en arrivant sur la place que je les ai vus. Le camion à plateau de Böllert, le marchand de bière, vient de s'immobiliser au milieu du carrefour. Une quinzaine de membres des sections d'assaut en uniforme de parade sautent sur les pavés. Deux hommes descendent des cages grillagées équipées de roulettes qu'ils posent sur le trottoir. Les autres prennent position à l'entrée de la rue que je dois prendre, jambes écartées, bottes luisantes, la matraque au côté. Je n'ai pas le choix. En été, j'aurais pu passer par les jardins, mais à la mauvaise saison le marais s'empare des terres basses, on s'y enfonce jusqu'au genou. Je tire ma capuche sur ma tête, et j'avance sans les regarder pendant que leur chant s'élève :

L'appel sonne pour la dernière fois,
Nous sommes tous prêts pour le combat,
Bientôt les drapeaux hitlériens flotteront dans toutes les rues,
La servitude ne durera plus longtemps.

Les pavés défilent devant mon regard baissé qui bute bientôt sur l'arrondi d'une botte. L'extrémité d'une matraque tape sur ma poitrine, bloquant ma progression.

— Où est-ce que tu vas comme ça ?

Je reconnais la voix de Dieter, le gardien de but de l'équipe de Duisbourg. L'année passée, avant que je ne sois exclu du club de football, c'est lui qui m'entraînait. Je me redresse lentement, m'arrêtant un instant sur le ceinturon orné d'une croix gammée, sur la cravate noire, la chemise brune, le menton impeccablement rasé que souligne la jugulaire en cuir de la casquette. Je sais qu'il ne faut pas aller plus haut.

— Je rentre chez moi, rue Zwingli... Ma mère travaille de nuit. Elle sort de l'usine, en ce moment, et je suis allé lui chercher du pain...

Il hoche la tête en souriant.

— Elle travaille de nuit, la pauvre ? Qu'elle s'estime heureuse ! Aujourd'hui, on ne s'occupe pas des gens comme vous, mais votre tour viendra... Allez, disparais !

Je me remets en route, avec son regard sur mon dos. À cinquante mètres, un premier groupe de SA sort de la maison des Goldstein, *Imperméables pour toute la famille. Maison fondée en 1895.* Des voisins les observent depuis les fenêtres, on distingue les silhouettes protégées par le flou des rideaux. L'un des hommes tire un caniche au bout d'une corde, un autre tient un sac de jute dans lequel s'agite un chat qu'il oblige à entrer dans une des cages, en compagnie du chien. Plus loin, d'autres miliciens plaisantent en brandissant une volière où s'affole un couple de canaris. Un vieux doberman à la patte pansée, des hamsters, un lapin angora, un siamois, des poules, un perroquet se retrouvent enfermés dans le cube grillagé. Les miaulements, les aboiements couvrent les glapissements, les piaillements, les gloussements... On se griffe, on se bat, on se mord, des plumes tombent, le duvet fait en volant comme d'étranges flocons de neige. Une grand-mère pleure sur le perron d'un pavillon, avant qu'un bras ne se pose sur ses épaules et la ramène à l'abri des murs. Je sursaute quand Dieter se met à pousser des cris de cow-boy, grimpé sur le dos du poney qui sert à traîner la carriole de Lévy, le livreur de bois et de charbon. Le rythme de mon cœur s'accélère encore lorsque je vois l'un des membres des sections d'assaut défoncer à coups de talon la porte en bois qui permet d'accéder au jardinet de la famille Baschinger. Il faut que je les protège. Je me mets à courir, mais je m'aperçois trop tard de la présence du gardien de but qui a réussi à mettre le poney au trot. Il m'assène un violent coup de matraque en me dépassant. Je m'affale sur les pavés humides, précédé par mon pain qui glisse à toute vitesse. Dans un effort désespéré, je tends la main pour le retenir avant que le monde ne s'efface.

Quand je reprends mes esprits, Déborah est agenouillée près de moi. Elle essuie le sang qui coule de la plaie avec un mouchoir, son autre main est posée sur mon front. La pointe de ses longs cheveux bouclés me caresse la joue à chacun de ses mouvements.

— Galadio, tu m'entends ? Galadio...

Elle est la seule à m'appeler ainsi depuis que je lui ai confié mon prénom secret, celui que m'a transmis mon père. Même ma mère ne le prononce jamais. Pour elle, je suis Ulrich. Galadio n'existe pas. Tout son amour est pour Ulrich, son petit Ulrich. Je sais bien sûr que c'est moi, mais j'ai le sentiment que cet amour serait plus fort encore s'il s'adressait aussi à

Galadio. Je ne sais pourquoi les premiers mots qui ont agité mes lèvres ont été :

— Mon pain, mon pain...

— Il est là, ne t'inquiète pas, juste un peu mouillé... Tu as mal ?

Je me suis lentement redressé en prenant appui sur mes coudes. Les miliciens marchaient groupés vers la gare, en poussant les cages emplies d'animaux vers le camion du livreur de tonneaux. Leur chant résonnait, rythmé par le martèlement des semelles cloutées :

La voie est libre, pour les bataillons bruns,
La voie est libre, pour l'homme des SA !
Des millions, déjà, espèrent en admirant la croix gammée,
Le jour de la liberté et du pain s'annonce.

— Mais qu'est-ce qu'ils ont fait, je n'y comprends rien ! À quoi ça leur sert de prendre les oiseaux des Roth, le poney du père Lévy, le vieux chien des Kagan... Il est aveugle, c'est tout juste s'il arrive à trouver son écuelle...

Déborah m'aide à me remettre sur pied.

— D'après les nouvelles lois, ce ne sont plus des animaux, ils sont « perdus pour l'espèce »...

— Perdus pour l'espèce ! Mais ça ne veut rien dire ! Qu'est-ce qu'ils ont fait, ils se sont moqués de notre Führer ?

Elle laisse échapper un petit rire inquiet.

— Bien pire : comme ils étaient accueillis dans des familles juives, d'une certaine manière ils le sont devenus... L'Institut allemand des animaux domestiques a décidé qu'ils étaient contaminés par notre façon de vivre, de manger, par notre religion... Nous n'avons plus le droit d'en posséder... On nous a déjà supprimé le téléphone, la radio, les instruments de musique, les machines à écrire, les vélos... Mon père ne peut plus donner de cours à l'université, le tramway nous est interdit comme les cafés, les restaurants, les cinémas, les bibliothèques. Dans le train, on nous oblige à monter dans le dernier wagon...

Je réalise soudain ce qu'ils venaient faire chez les Baschinger. Je l'attire vers moi, sa poitrine naissante contre la mienne.

— Je me souviens qu'ils se dirigeaient vers chez toi. Ils ne vous ont rien pris, j'espère... Takouze est toujours là ?

— Non, ils sont allés la déterrer dans le jardin, elle était sur leur liste.

De colère, je lance mon pied contre le tronc de l'arbre proche de la maison, éraflant l'écorce.

— Une tortue en hibernation ! Ils sont allés déterrer une tortue en hibernation ! Mais c'est complètement absurde... Elle mangeait de la salade kascher ? Elle portait la kipa, elle allait en famille à la synagogue ?

Des larmes envahissent ses yeux. Déborah tente de les retenir en baissant les paupières, mais elles débordent, s'échappent en traçant deux ruisseaux parallèles au milieu de ses taches de rousseur. J'approche mes mains de ses joues pour les assécher. Mes paumes se posent sur son cou, nos visages se rapprochent, nos lèvres se joignent. En une seconde, j'apprends ce que c'est que l'éternité. Il me semble que plus rien n'est en mesure de me résister.

— Attends-moi, je connais Dieter. C'est un SA, d'accord, mais je faisais partie de son équipe au stade de Wedau... C'était il n'y a pas si longtemps. On s'entendait bien. Je vais lui expliquer, il me rendra Takouze...

Elle me retient par le bras.

— Ce n'est pas la peine. Tu as déjà oublié que c'est lui qui t'a assommé ? Regarde les choses en face. Le Dieter d'hier n'existe plus. L'uniforme qu'il porte, il l'a dans la tête ! Tu ferais mieux de rentrer chez toi, ta mère doit s'inquiéter.

Je prends le pain que Déborah a enveloppé dans une feuille de journal et posé sur le muret, puis je tourne à droite dans la rue Zwingli. La voix de ma mère retentit dès que je pousse la porte.

— C'est toi, Ulrich ? Où est-ce que tu es encore allé traîner ! Je t'attends depuis près d'une heure...

Maman est assise à table, devant un bol de lait chaud parfumé à la cannelle. Je m'incline pour l'embrasser. Sa chevelure a emprisonné l'odeur du fer et du feu, d'infimes particules de métal incrustées dans sa peau brillent quand elle remue les mains. Je ne sais pas exactement ce qu'elle fait. D'après ce que j'ai compris, elle sillonne les ateliers en poussant un chariot rempli de bouteilles d'eau pour ravitailler les équipes de fondeurs. Il en faut des quantités : pendant la coulée, la température des hauts-fourneaux grimpe jusqu'à 1500 degrés, et un ouvrier posté au gueuloir peut boire près de dix litres au cours de la nuit. Quelques années plus tôt, avant la grande crise, elle tenait un magasin de nouveautés au rez-de-chaussée des grandes galeries Carl Velden, sur la rue Beek. Toute la bonne société de l'avenue Royale, les musiciennes et les comédiennes de l'allée de Suède, les femmes des banquiers de la rue de Düsseldorf faisaient sonner le carillon de la porte d'entrée. Maman m'emmenait avec elle, pendant les vacances scolaires, les jours de congé, et les belles dames m'offraient des bonbons ou des glaces à la vanille, m'achetaient des gâteaux. On l'a remerciée sous un vague prétexte le jour de mes douze ans, quelque temps après la nomination d'Adolf Hitler à la Chancellerie. Pendant plusieurs mois, elle a fait de la couture à la maison, pour le compte des établissements Goldstein. Elle ajustait les doublures des imperméables. C'est le Service du Travail volontaire qui lui a trouvé de l'ouvrage, ainsi qu'à tous les chômeurs de la ville. D'abord dans les parcs de la ville, au printemps, pour s'occuper des plantations, puis la nuit aux aciéries Phönix. Les meilleures places étaient réservées aux membres du parti, aux organisateurs du Secours d'hiver, à ceux qui s'étaient distingués lors du Jour du Ragoût ou pour l'anniversaire du Führer. Maman n'a rien dit, il ne fallait pas être difficile. Elle avait compris que c'était comme ça qu'ils avaient décidé de lui faire payer, pour papa et pour moi. Elle a remarqué la plaie, sur mon front, quand j'ai posé près de son bol la tartine que je venais de couper.

— Approche... Relève tes cheveux... Mais qu'est-ce que tu t'es fait ? Tu t'es encore battu ?

— Non, pourquoi tu dis ça ? J'ai glissé sur une plaque de glace en longeant la voie ferrée. Je suis tombé sur les cailloux... J'ai frotté avec de la neige.

Je reste près d'elle le temps qu'elle mange, puis je vais m'asseoir dans le fauteuil au pied du lit et je choisis un magazine tandis qu'elle s'installe sous les couvertures. Elle aime bien que je lui fasse la lecture le temps qu'elle s'endorme. Je me décide pour un long article historique sur le Danemark :

« Durant l'été 1677, l'amiral Niels Juel remporta une victoire éclatante sur les Suédois lors d'un combat naval dans la baie de Køge. Outre l'honneur que ce succès lui conféra, l'amiral fut gratifié, en sa qualité de commandant en chef, d'une rémunération importante : un dixième de la valeur des bateaux conquis... »

Elle ferme les yeux bien avant que les miens n'arrivent en bas de la page. J'attends qu'elle se soit bien endormie avant de sortir. Je prends à la volée le tramway pour Hochfeld, dont nous sépare un bras du fleuve. J'ai promis au pasteur de l'église évangélique, qui est accolée à l'hôpital Bethesda, de l'aider à vider une cave pleine de gravats qu'il veut transformer en réserve. Assis, la joue posée sur la vitre froide, je regarde les mouvements des bateaux dans le port, les charges des grues qui oscillent au-dessus des cales béantes, le jeu des vérins du pont transbordeur quand, soudain, mon attention est attirée par le camion à plateau de Böllert, le marchand de bière. Je le vois pénétrer dans une cour, s'arrêter près d'un hangar à la façade crénelée... Les miliciens ôtent les bâches qui recouvrent les cages, disparaissent avec les animaux dans le bâtiment. Je profite du ralentissement du tram, à l'amorce d'un virage, pour sauter sur les pavés. Il me faut faire un long détour, passer deux ponts jetés au-dessus des canaux pour m'approcher enfin des entrepôts. Une inscription à demi effacée court sur le mur de brique : *Helpertz, transport de meubles, déménagements.* Je me cache dans un recoin pendant que d'autres camions chargés de prisons à roulettes viennent se garer dans la cour. C'est en longeant le bâtiment que je remarque l'ancien pont roulant qui devait servir à manœuvrer les pièces les plus lourdes, les plus volumineuses. Des arbustes poussent entre les rails. Des barreaux de fer permettent d'accéder à la nacelle où se tenait le conducteur de la machine. Je commence à grimper en évitant de regarder mes pieds afin de maintenir mon vertige à distance. Mes mains tremblent, se crispent sur le métal gelé mais ce n'est pas à cause du froid... Je me glisse dans la cabine hérissée de leviers, de freins, de tringles, de cadrans. Deux mètres plus bas, la verrière est brisée à plusieurs endroits et je distingue ce qui se passe dans l'entrepôt grâce au jour qui s'insinue par ces ouvertures. La surface est divisée en trois parties à peu près égales. Dans la première, celle qui ouvre sur la porte principale, sont entassées les cages en provenance des camions venus de tous les quartiers de la ville. Cinq hommes en uniforme trient les animaux par espèces, et les font passer dans la deuxième pièce. En ce moment, c'est au tour des chiens. Huit à dix SA armés de revolvers, installés en hauteur sur une coursive, les abattent méthodiquement. Le reste de la troupe attend dans le troisième espace que la séance de tirs soit terminée pour aller ramasser les cadavres et les jeter dans une benne. Ils boivent de la bière, ils fument. Je reconnais Dieter à la façon si particulière qu'il a de marcher en avançant l'épaule en même temps que le pied correspondant. Il traverse la pièce dans sa longueur et se baisse pour ramasser un objet que je ne parviens pas à identifier. Ses compagnons s'esclaffent, leurs rires se fraient un chemin entre les détonations. Je comprends alors qu'ils se divisent en deux équipes. Dieter se place en pointe pour engager la partie. La balle qu'il a choisie a du mal à rouler sur le sol. Ce n'est qu'à la cinquième ou sixième passe que je réalise qu'il ne s'agit pas d'une balle, quand l'un des miliciens, d'un coup de botte, projette Takouze contre le mur. Sous la violence du choc, la tête de la tortue est sortie. Elle n'a pas le temps de se rétracter qu'une semelle cloutée lui écrase le cou. Je me laisse glisser le long des montants de la cabine, je m'affaisse sur le sol incapable de retenir mes sanglots. Je n'aurais jamais cru qu'on pouvait pleurer pour une tortue.

CHAPITRE 2

Hello, old Swing Boy !

Jusqu'à l'année dernière, je ne me souviens pas d'avoir été traité différemment des autres élèves. À l'école primaire, on m'a enrôlé sans problème dans la troupe des *Pimpfe*, le patronage du parti nazi. Vêtu de l'uniforme, j'ai participé à toutes les sorties en forêt, à la visite d'un cuirassé qui mouillait dans le port de Duisbourg, aux collectes pour le Secours national, sur les marchés. À plusieurs reprises, j'ai fait l'appel du matin dans les camps de vacances de la région des Six-Lacs, au moment de la levée du drapeau. On m'a même remis une médaille quand je suis arrivé premier d'une course d'orientation de nuit dans le massif de Broicher : cinq kilomètres à couvrir avec, pour tout équipement, une lampe de poche et une boussole. L'instituteur s'intéressait de près à mon travail en classe. Il me disait que j'avais toutes les qualités requises pour devenir pilote d'avion. Le soir, je m'endormais en survolant le monde aux commandes de mon Fokker, plus rapide encore que celui de Manfred von Richthofen, le célèbre Baron rouge. Trois ans plus tard, j'ai changé d'uniforme pour revêtir celui des plus grands, la brigade Jeune Peuple. J'ai défilé sur la place du Prince-Henri pour honorer la visite de Joseph Goebbels, notre ministre de l'Éducation du Peuple et de la Propagande. Je croyais que mon passage dans les Jeunesses hitlériennes se ferait automatiquement avec mon entrée au Gymnasium, en septembre dernier, mais c'est à cette période-là que tout a commencé à se détraquer. Les cours avaient repris depuis une semaine quand je me suis présenté à la piscine en plein air pour l'entraînement au relais. Il faisait un temps magnifique alors que les feuilles des arbres avaient déjà commencé à perdre de leur éclat. La caissière m'a adressé un sourire quand je suis passé devant elle, mon sac sur l'épaule, mais l'employé chargé de la chaufferie m'a bloqué au bas de l'escalier alors que je m'apprêtais à entrer dans un des vestiaires. Il s'est raclé la gorge avant de parler.

— Je crois qu'il y a un problème...

— Un problème ? Je ne comprends pas...

J'ai fait un signe à mes camarades en maillot de bain qui s'échauffaient sur la pelouse, de l'autre côté de la vitre. J'ai trouvé bizarre qu'aucun ne réponde à mon salut, qu'ils évitent mon regard.

— J'ai eu des instructions, petit, il vaut mieux que tu évites de venir te baigner ici...

— Mais je fais partie du relais depuis trois ans... Demandez à M. Brüner, le maître nageur... Il est là, derrière vous...

Il a haussé les épaules.

— Ne cherche pas d'histoires, petit... C'est lui qui m'a donné la consigne...

— Mais qu'est-ce que j'ai fait, pourquoi il ne veut plus de moi ?

Je voyais bien que ça ne lui faisait pas plaisir de jouer ce rôle. Il a baissé la tête et approché son bras nu du mien.

— Ils trouvent que tu es un peu trop bronzé. La mairie a changé le règlement. Depuis la semaine dernière, la piscine est interdite aux Juifs et aux métis. C'est affiché à côté des horaires d'ouverture.

Il m'a serré la main, furtivement, avant que je ne fasse demi-tour. Je me suis arrêté près de la loge, pour lire le décret : « Les établissements de bains municipaux sont réservés aux individus de sang allemand ou apparenté. N'est pas de sang allemand celui qui a, parmi ses ancêtres, du côté paternel ou du côté maternel, une fraction de sang juif ou de sang noir. » Le reste de l'après-midi, j'ai tué le temps en regardant les opérations de renflouement d'une péniche qui avait failli couler après avoir été heurtée la nuit précédente par un cargo céréalier. Avant de rentrer à la maison, je m'étais arrêté à la fontaine où j'avais mouillé mon maillot, pour éviter les questions de maman.

Le lendemain, personne ne m'a fait la moindre remarque. Les trois autres relayeurs ont fait comme s'il ne s'était rien passé. Aucune allusion à mon absence des bassins. Nous avons joué au football pendant la récréation. Hans, le fils du quincaillier, m'a même proposé de tirer une bouffée sur la cigarette qu'il a allumée en cachette, dans les cabinets. À croire qu'il n'était rien arrivé, que j'avais rêvé, qu'on continuait à faire équipe.

En fait, je ne sais pas par quel miracle j'ai encore le droit de franchir la grille du lycée, de m'asseoir dans la classe, de manger au réfectoire. Il ne s'écoule pas une seconde sans que me reviennent en mémoire les paroles de Déborah, quand elle était penchée sur moi : « Mon père ne peut plus donner de cours à l'université, le tramway nous est interdit comme les cafés, les restaurants, les cinémas, les bibliothèques. » Chaque fois que je vais emprunter ou rendre un livre, je crains qu'un gardien ne me refoule, qu'on refuse de me délivrer un billet à la caisse de l'Atlantic-Kino, mais rien de tel ne se produit... Ma liberté ne sera peut-être amputée que de mes longueurs de bassin hebdomadaires. Notre professeur d'histoire allemande est brusquement tombé malade, et c'est un blessé de guerre, le lieutenant Offmeister qui le remplace. Un éclat d'obus lui a arraché la partie gauche du visage lors d'une des dernières offensives, à l'automne 1918, près de Soissons. Une plaque de métal masque l'absence de chair entre la pommette et la mâchoire supérieure. Quand il parle, il lui arrive souvent de s'emporter. Les mouvements désordonnés de sa bouche découvrent la mécanique de ses maxillaires, l'acier capte la lumière, envoie des reflets en tous sens. La totalité de ce qu'il dit, sans jamais répéter la moindre phrase, doit être pris en note au mot près, ce qui nous oblige à ne pas lever les yeux de nos cahiers, lui évitant ainsi d'être observé. Nous avons tout juste le temps de tremper nos plumes dans les encriers, quand il reprend sa respiration. Nous sortons tous de l'épreuve le bras endolori. La leçon du jour a pour intitulé : *En finir avec la détresse allemande.* Je réduis la taille de mes lettres pour consommer moins d'encre, chaque remplissage économisé me fait gagner quelques dixièmes de seconde : « Seul un dirigeant fort peut nous apporter le salut. Il doit reconstruire entièrement le Reich allemand. Il doit éliminer la partie malade et faible, empoisonnée et nuisible. Il doit aérer la partie saine afin qu'elle puisse croître. Il doit offrir à son peuple de nouvelles grandes idées. Il doit lui insuffler un élan vital. Il a foi en l'âme du peuple allemand. Des millions de femmes et d'hommes allemands se pressent autour de lui, sous un nouveau drapeau, pour un nouvel avenir. Ce dirigeant vit déjà au sein de notre peuple. Au cours de la guerre, c'était un simple combattant du front où il a enduré tous les sacrifices... »

La leçon est soudainement interrompue par le bruit d'une cavalcade dans les escaliers, des coups de sifflet suivis de cris montent de la cour. Il semble qu'on se batte. Plusieurs de mes condisciples quittent leur place pour se précipiter vers les fenêtres, bousculant pupitres et chaises. Le lieutenant Offmeister tente, en vain, de rétablir le calme. Il porte la main à sa joue pour maintenir sa prothèse, mais il ne résiste pas longtemps à l'envie de savoir ce qui se passe et nous nous retrouvons, épaule contre épaule, le nez collé aux carreaux. En contrebas, un groupe d'une vingtaine de policiers entoure trois élèves des classes terminales, un trio que tout le monde ici surnomme « les fils d'ingénieurs », car leurs pères occupent de hautes fonctions dans les aciéries de Thyssen, de Krupp ou chez Mannesmann. Ils règnent sur une petite cour d'une douzaine d'élèves qui leur sont totalement dévoués. De nombreux bruits circulent à leur sujet, et la mode vestimentaire extravagante qu'ils ont adoptée n'est pas pour rien dans leur réputation. Ils se laissent pousser les cheveux plus qu'il n'est d'usage, bravant les remarques de l'administration, des professeurs, du directeur, et chaque jour passé à distance des ciseaux du coiffeur est pour eux une victoire. Ils portent des tissus de bonne coupe, des pantalons flottants taillés par les meilleurs couturiers de la rue Beek dans des tissus écossais spécialement acheminés depuis Berlin. Ils rehaussent leur silhouette au moyen de chapeaux mous, protègent leur cou du froid avec des foulards de soie blanche, affectionnent les chaussures bicolores de fabrication italienne. Même quand le soleil brille, ils ne se séparent pas de leur parapluie qu'ils maintiennent fermé lorsqu'il pleut. D'après ce qui se murmure, ils auraient établi leur quartier général dans l'arrière-salle d'un restaurant du port, près de Marientor, où, grâce à des disques ramenés par des marins au long cours, ils dansent sur de la musique swing venue d'Amérique. La rumeur leur attribue d'ailleurs le nom de « Swing Boys » et de « Swing

Babies » pour leurs homologues féminines qu'on reconnaît à leurs jupes plus courtes que la moyenne et à leurs ongles longs recouverts de vernis rouge vif. Je me souviens qu'une d'entre elles est venue attendre Lothar, celui qui semble être leur chef, à la fin des cours. Ce devait être à la mi-octobre. Elle portait des bas, des talons hauts, ses lèvres étaient dessinées... Ils se sont embrassés sur la bouche, là, devant tout le monde, en se trémoussant, puis ils sont partis vers la gare centrale en fumant tour à tour la même cigarette blonde. Le responsable des Jeunesses hitlériennes du lycée nous a plusieurs fois mis en garde contre eux, sauf que le père de Lothar a des responsabilités dans le parti et qu'il protège son fils...

En bas, le directeur, M. Felden, discute seul avec le commissaire tandis que des policiers encadrent les trois lycéens et les emmènent vers le fourgon stationné devant la grille. Le lieutenant Offmeister choisit cet instant pour monter sur l'estrade.

— Messieurs, la récréation est terminée. Je vous demande de regagner immédiatement vos places. Je ne le répéterai pas. Nous allons reprendre le cours intitulé « En finir avec la détresse allemande » là où nous l'avions laissé...

Il s'est bien gardé de faire le moindre commentaire sur ce qui venait de se dérouler sous nos yeux, comme si le cours du temps s'était un moment suspendu. Ce n'est que le lendemain, pour mettre un terme aux racontars, que le directeur a convoqué l'ensemble des élèves dans la grande salle du lycée, là où se donnent les fêtes, où l'on projette des films. Un représentant de la police, un autre de la municipalité, deux membres de la SA en uniforme dont Dieter ont pris place derrière la table installée sur la scène, de part et d'autre du directeur. Tous les professeurs se tiennent debout sur les côtés. M. Felden tire le microphone vers lui et s'assure qu'il fonctionne bien en tapotant dessus du bout du doigt.

— Hier après-midi, cet établissement a été le théâtre d'un très grave incident. Malgré la vigilance quotidienne de tout le personnel d'encadrement, quelques éléments perturbateurs ont réussi à s'emparer du double des clefs du laboratoire d'expérimentations électriques dans lequel ils s'introduisaient dès que leur emploi du temps le leur permettait. Plusieurs des appareils, qui servent à la formation de nos futurs ingénieurs, étaient utilisés pour capter les ondes radiophoniques émises par des puissances étrangères. Les coupables ont été confondus et sont passés aux aveux. Ils subiront les rigueurs de la loi ainsi que les complices qu'ils ont désignés...

Il a lu la liste des noms avant de donner la parole à Dieter dont je ne savais pas qu'il avait été promu dirigeant local de la SA. J'ai serré les poings tout le temps qu'il a lu son discours, avec, devant les yeux, les images du match sinistre qu'il avait organisé dans l'abattoir des « animaux perdus pour l'espèce ».

— Dans le monde nouveau que nous construisons, le temps libre doit être consacré à l'éducation physique. Surtout dans les villes. Que ce soit

Berlin, Cologne, Düsseldorf ou Duisbourg. La ville est aujourd'hui un milieu étouffant pour la jeunesse. Il suffit d'aller se promener dans les rues, de jeter un coup d'œil aux affiches de cinéma, de théâtre, de feuilleter les illustrés. Partout s'étalent les images destinées à exciter les sens, et les effets déplorables se portent davantage sur la jeunesse. Si nous voulons la tirer du marécage où elle risque de s'enliser, il nous faut nettoyer énergiquement le théâtre, le cinéma, l'art, la littérature, la presse, les devantures, la musique aussi, de toutes les images et de tous les sons d'un monde en putréfaction. Il ne faut pas avoir peur d'adopter les méthodes propres à sauvegarder la santé du corps et de l'âme ! Pas de demi-mesures. Pour nous, le droit à la liberté individuelle vient après un impératif majeur : celui de conserver la race ! Personne ne peut ignorer que la musique enjuivée, négrifiée, encourage les actes contre nature et les perversions en tout genre... Nous avons, ici, commencé à l'éradiquer sans faiblesse, comme nous l'avons fait pour tout ce qui porte atteinte à l'identité et à l'unité du peuple allemand !

Quand le directeur se lève, la salle se dresse d'un seul mouvement et j'applaudis, comme tout le monde.

CHAPITRE 3

Une brouette pleine de marks

Lothar et sa bande se sont vu infliger une semaine de travail civique : l'entretien des rues du cœur de la ville, à l'approche des fêtes de fin d'année, alors que nous serons tous en vacances. Ils récurent les dalles des parvis, brossent le bois ouvragé des portes, font briller les statues. Des groupes d'élèves cherchent à s'attirer les bonnes grâces de leurs professeurs en allant se moquer des « Swing Boys » au travail près de l'hôtel de ville ou aux alentours de la place du Marché. Personne ne me l'a proposé, ce qui m'a évité d'avoir à le refuser. Malgré le froid, je passe des heures dans une cabane des bords du Rhin, sur un petit bout de terrain qui appartenait à mon grand-père et qui est revenu à ma mère. Quand les beaux jours sont là, elle y cultive des carottes, de la salade, des haricots, des fraises, de la rhubarbe et des groseilles qui poussent devant le spectacle du défilé ininterrompu des bateaux. Je prépare le feu quand elle fait des confitures. Au cours des derniers mois, lors de mes marches sans fin dans les faubourgs de la ville, j'ai récupéré des dizaines de pièces de vélos : des roues, des pignons, des mâchoires de freins, une selle, une chaîne, des plateaux dentés, des pneus... J'assemble ce qui peut l'être, je lime, je rogne, j'adapte, en me servant des outils du grand-père qui a été tué par les Français pendant la bataille de la Marne. Il y a une photo de lui dans l'entrée, en uniforme de grenadier. Ludwig, le frère aîné de ma mère, a dit un jour que j'étais le prix à payer pour la mort de son père, que j'étais le fruit pourri de la défaite. Ils se sont mis à crier, eux dans la cuisine, moi dans la chambre. Le tournevis ripe sur le métal quand les éclats de leur altercation me reviennent en mémoire ; la pointe me laboure la peau, à la base du pouce gauche, et le sang se met à couler. J'arrête de bricoler, je presse un mouchoir sur la blessure avant de m'enrouler dans une couverture, le regard perdu vers le fleuve. Leurs mots affluent sans que je parvienne à les contenir.

— Pourquoi tu ne t'en es pas débarrassée à la naissance, ou même avant...

— Ludwig, tu es fou... Tu ne penses pas ce que tu dis !

— Et toi, tu as pensé un seul instant à la honte qui allait rejaillir sur toute la famille ? Notre mère ne l'a jamais supporté, elle en a presque perdu la raison. À cause de ce...

— Je t'interdis de parler d'Ulrich de cette manière. C'est mon fils, que tu le veuilles ou non. Et ton neveu, par la même occasion.

Je m'étais levé du lit pour les observer par l'interstice de la porte, mal ajustée dans son encadrement. Ludwig avait soulevé sa casquette pour s'éponger le front du revers de la manche, alors que ma mère calmait ses nerfs en essuyant la toile cirée avec un torchon.

— Regarde ce qu'ont fait Katrin, Hilde ou Rosalinde... Aussi bonnes chrétiennes que toi... Elles sont allées faire leur petit à l'orphelinat sans que personne n'en sache rien, ce qui ne les a pas empêchées, ensuite, de trouver chaussure à leur pied... Elles restent bien tranquillement chez elles, tandis que toi, tu uses tes nuits chez Phönix... Qu'est-ce que ça leur a coûté ? Il a suffi qu'elles disent qu'elles avaient été violées par les Africains... C'est tout.

Ma mère avait posément accroché son torchon au clou avant de dénouer les cordons de son tablier de ménagère. Puis elle s'était lentement dirigée vers la porte qu'elle avait ouverte en grand.

— Sors d'ici, et sors de ma vie. Je ne veux plus jamais te revoir.

Le sang a cessé de couler. Je profite d'un moment ensoleillé pour grimper dans les arbres, couper quelques branches malades, éclaircir les rosiers avant de rassembler les feuilles mortes dans un trou, derrière la cabane.

Quand ma mère était entrée dans la chambre, ce soir-là, j'avais fait semblant de dormir, mais ce qui s'était dit pendant leur dispute n'avait plus cessé de me tourmenter. Je n'en avais jamais autant entendu sur les circonstances qui avaient présidé à ma présence dans cette maison de la rue Zwingli. La semaine suivante, je m'étais inscrit à la bibliothèque de la vieille ville. J'avais écumé tout ce qui concernait l'histoire de Duisbourg, depuis son appartenance à la Ligue hanséatique, l'édification de ses fortifications sous Charlemagne, jusqu'à la construction des aciéries modernes en passant par la fondation de l'Université et l'inauguration de la statue de Wilhelm I. J'avais aussi croisé Clovis, roi des Francs, qui s'était établi quelque temps au confluent du Rhin et de la Ruhr. Désespéré de ne rien trouver sur la période la plus récente, j'étais allé me renseigner auprès du gardien assis dans un coin de la grande salle de lecture, prenant garde à ne pas lui révéler l'objet de mes recherches. Je lui expliquai que mes professeurs m'avaient confié la tâche d'écrire un résumé de la vie à Duisbourg depuis la fin de la guerre.

— Tu ne grappilleras pas grand-chose dans les livres, mon garçon, c'est trop frais. Tu devrais trouver ton bonheur au sous-sol. C'est là que sont entreposées les archives des journaux... Ça va te demander plus de travail, mais tu auras tout sous la main...

Les collections des divers périodiques locaux se présentaient sous la forme de grandes reliures, au format des quotidiens, contenant chacune six mois de publication. Parmi les dix titres disponibles, je jetai mon dévolu sur le *Duisburger Tagblatt* dont la mise en pages était plus attrayante que celle des autres journaux, en ceci qu'elle accordait davantage de place à la photographie. Je remplis minutieusement la fiche cartonnée que je glissai dans une urne, sur le bureau. Une demi-heure plus tard, un employé en blouse grise posa sur un chariot métallique les quatre reliures contenant les nouvelles de 1921 et 1922, l'année de ma naissance. Je traversai la pièce dans son sillage. Il m'attribua une place dans un recoin éclairé par un soupirail et, sans un mot, installa les grands livres sur une sorte de longue table inclinée, en forme de pupitre. Je commençai à les feuilleter et m'arrêtais sur un gros titre : *Londres exige que l'Allemagne paie les dommages de guerre*, ou sur une photo du mariage de Charlie Chaplin avec May Collins, ou celle d'un de nos anciens ministres, Matthias Erzberger, signataire pour l'Allemagne de l'armistice du 11 novembre 1918, assassiné par la milice nationaliste Consul. Après avoir survolé le compte rendu d'un match de football opposant l'équipe de Duisbourg à celle de Munich, au stade de Wedau (victoire de Duisbourg 3 à 2), je me plongeai dans la lecture d'un reportage sur le service de destruction des billets de banque. Je découvris avec étonnement qu'à cette époque notre monnaie, le mark, ne valait plus rien et qu'il en fallait plusieurs dizaines de millions pour acheter un kilo de pommes de terre, que l'on avait besoin d'une brouette pour entasser les liasses quand on partait au marché... L'inflation était prise d'un tel vertige que les imprimeries ne suivaient pas le rythme. Aussi, on se contentait d'un tampon pour modifier la valeur des billets dont certains étaient libellés en milliards de marks. Les gouvernements tombaient les uns après les autres. Il ne se passait pas une semaine sans qu'éclatent des troubles. On se battait dans les rues de Berlin, de Hambourg, ici à l'initiative des conservateurs, là à celle des communistes. Les victimes se comptaient par centaines. Dans la Ruhr, des ouvriers organisés en détachements rouges prenaient les mairies d'assaut, réquisitionnaient les stocks de nourriture, de charbon, qu'ils distribuaient aux chômeurs.

Le mercredi 9 mars 1921, une immense photo occupait la première page du *Duisburger Tagblatt* : une colonne blindée, suivie de plusieurs centaines d'hommes à cheval et de pièces d'artillerie, défilait devant la statue d'Otto von Bismarck dressée dans la rue Royale. Le titre, encadré d'un large filet noir, surmontait le cliché : « L'ARMÉE FRANÇAISE PREND POSSESSION DE DUISBOURG ». Je fis glisser la reliure sur le pupitre pour me rapprocher du soupirail et capter un peu plus de clarté. L'article expliquait que les vainqueurs du dernier conflit, aux premiers rangs desquels la Belgique et la France, avaient pris prétexte des difficultés de l'Allemagne à payer les mensualités des dommages de guerre pour s'emparer des joyaux industriels représentés par Ruhrort, Düsseldorf et Duisbourg, qu'ils avaient décidé de se rembourser directement en prélevant le charbon sur le carreau des mines, l'acier à la bouche des hauts-fourneaux !

« L'occupation de Duisbourg et Ruhrort s'est effectuée hier 8 mars à midi, sans incident. Elle a été réalisée par des détachements de troupes belges (cyclistes, infanterie, cavalerie, artillerie, automitrailleuses, flottilles sur le Rhin) et des troupes françaises (infanterie, génie, chasseurs à pied, blindés). C'est le général belge Beauvin qui prendra le commandement des troupes à Duisbourg. Des escadrilles françaises ont survolé la région, de concert avec des appareils belges et anglais, pour appuyer les troupes terrestres. Le général français Degoutte, commandant en chef des opérations alliées, a fait placarder une affiche sur nos murs, qui se termine par ces mots : “Le commandement allié compte faire régner dans les territoires nouvellement occupés un régime de liberté et d'ordre dans lequel pourra se développer la prospérité du pays.” »

Il m'avait fallu revenir à de nombreuses reprises dans la bibliothèque pour suivre l'évolution des événements, et comprendre que le « régime de liberté et d'ordre » promis par le général Degoutte avait des effets immédiats sur ce que pouvaient dire les journalistes locaux. Ils se trouvaient dans la même situation que nous, en classe, avec le lieutenant Offmeister : ils écrivaient sous la dictée de l'autorité. Et c'est en élargissant mes recherches, en glissant dans l'urne de la salle de consultation une série de demandes concernant des journaux de la partie non occupée de l'Allemagne, là où la censure militaire ne s'exerçait pas, que j'avais enfin eu accès à des informations qui me touchaient au plus haut point.

Ainsi, la bibliothèque disposait-elle de tous les numéros du *Münchner Zeitung*. L'un des correspondants suivait de très près ce qui se déroulait à Duisbourg et je me précipitai sur ses articles avec avidité. Si, dans les débuts, il était surtout question du montant des sommes réclamées par les Alliés, de la mise en place de l'administration des quartiers sous tutelle franco-belge, très rapidement les thèmes touchant à la vie quotidienne des habitants avaient fait surface. On évoquait la disette qui avait touché certaines régions, la résistance passive de la population, les grèves dans les aciéries, le sabotage de la production du charbon par les mineurs. Mais le sujet qui s'imposait au fil des parutions, au point de devenir le thème unique du *Münchner Zeitung*, avait trait à la présence de plusieurs milliers de soldats noirs parmi les troupes françaises. Dès le départ, le ton était sans équivoque : « C'est un crime envers la civilisation que de faire venir du centre de l'Afrique des Nègres arriérés pour surveiller un peuple d'une culture supérieure. Au nom de l'honneur du peuple allemand, la protestation s'amplifie contre la honte qu'on nous impose, et notre appel s'adresse à la conscience de l'univers civilisé. Dans le temps, nous avons essayé de les élever, et maintenant ils viennent nous garder comme si nous étions des animaux. Nous sommes descendus plus bas que le plus reculé des pays d'Afrique. Nous ne voulons pas, dans nos villes et nos campagnes, vivre sous la botte des Gaulois de couleur ! »

La semaine suivante, le même rédacteur rappelait

que, quelques mois plus tôt, quand des détachements français avaient pris leurs quartiers à Sarrebruck, le bruit avait couru que six jeunes femmes avaient été enlevées « par les soldats nègres de la caserne Foch et ensuite assassinées, violées, puis leurs corps jetés dans les égouts pour cacher le crime atroce. Celui qui faisait état de ces informations était arrêté, jugé, sévèrement puni ». Des manifestations de plusieurs milliers de personnes organisées par la Ligue de la détresse allemande contre la honte noire se déroulent à Nuremberg, à Bayreuth, à Augsbourg, aux cris de « À bas la France, les Nègres dehors ». Dans un long entretien, un professeur d'université estimait, au titre d'obscurs calculs, que si les troupes coloniales demeuraient sur place une quinzaine d'années, il naîtrait en Allemagne plus d'enfants métis que d'enfants blancs, et qu'il faudrait au moins trois siècles pour laver le sang national de la souillure du métissage.

C'est à tout cela que je repense, alors que la fraîcheur envahit peu à peu la cabane du grand-père. Les brefs coups de sirène, lancés par le cargo minéralier qui fait la dernière navette de la journée entre les deux rives du Rhin, m'arrachent à mes souvenirs de rat de bibliothèque. Cela fait plus d'une heure que j'aurais dû rentrer à la maison. Je range les outils, les pièces détachées de bicyclettes avant de fermer la porte du cabanon avec une chaîne et un cadenas. Malgré mon retard, je ne peux m'empêcher de faire un détour pour passer devant la maison des Baschinger dans l'espoir de croiser Déborah, de lui parler... Je ralentis l'allure quand une ombre qui pourrait être la sienne passe derrière les rideaux de la salle de séjour, mais la fenêtre reste close.

Ma mère attise le feu dans la cuisinière quand j'entre dans la cuisine et me débarrasse de mon manteau.

— Ne te déshabille pas, Ulrich... Il n'y a presque plus de réserve. Il faudrait que tu me ramènes un seau de charbon... Et tu feras attention à ne pas trop racler de poussières, ça encrasse le conduit de cheminée.

Je ne sais pas ce qui m'a pris, j'ai jeté mes affaires par terre.

— Mais pourquoi tu m'appelles toujours Ulrich, même ici, quand on est tout seuls ?

Elle repose le tisonnier, se retourne.

— Tu vas me ramasser ça tout de suite ! Je t'appelle Ulrich parce que c'est ton prénom. Je te l'ai donné en souvenir de ton grand-père, celui qui est là, sur la photo... Tu pourrais lui témoigner un peu plus de respect !

Je respire le plus profondément qu'il m'est possible pour ne pas éclater en sanglots. Je baisse les paupières, j'appuie fortement afin que les larmes refluent...

— Oui, je sais que je porte le prénom de grand-père, mais je m'appelle aussi Galadio, qui vient, lui, de mon père, et celui-là, je ne l'entends jamais. Tu as compris ? Jamais !

Quand j'avance, mes pieds se prennent dans le manteau, je me retiens au coin du buffet dont la vaisselle se met à trembler, à tinter. J'ouvre la porte du meuble, me saisis d'une boîte métallique, en ôte le couvercle et plonge la main dans la poudre blanche avant de l'approcher de mon visage.

— Je suis noir, tout le monde le voit ! Pourquoi cacher mon nom ? C'est comme si avant de sortir je me mettais de la farine sur la figure !

Je joins le geste à la parole, et me barbouille les traits. Les premières larmes, trop longtemps contenues, se mettent à couler, se mêlant à la farine. Ma mère se précipite vers moi alors que je tente de sortir. Elle m'emprisonne de ses bras, son visage se colle au mien, elle m'embrasse, me caresse.

— Mon petit, mon tout petit...

CHAPITRE 4

Un casque orné d'une ancre de marine

À l'approche de Noël, sous la conduite de Dieter, les SA ont installé une grande caisse devant le siège de leur organisation, dans le quartier de la vieille ville, face à la station du tramway. Les habitants de Duisbourg qui en possèdent sont invités à venir y déposer leurs moules à biscuits, à gâteaux, à chocolat, en forme de croix gammée. La mode de ces confiseries s'est développée ces dernières années, mais nos dirigeants se sont avisés que le fait de déchirer, de mordre, de casser, de sucer des svastikas, donnait lieu à toutes sortes de plaisanteries, et à compter de ce mois-ci la fabrication en est interdite. Les ustensiles doivent être détruits en application de la loi sur la « protection des symboles nationaux ». De leur côté, les femmes de la Société nazie d'assistance sociale populaire font la quête dans les rues à l'occasion du Dimanche du Ragoût. Ce jour-là, dans chaque famille, on se contente d'un plat, et l'argent qui n'a pas été consacré à la confection d'un solide repas est versé pour venir en aide aux plus démunis. Les restaurants de la rue du

Casino, Die Automaten de la rue Beek, aussi bien que les établissements plus réputés comme le Kronprinz ou le Fürstenhof, proposent une carte réduite à sa plus simple expression, ce qui ne décourage pas les clients qui se pressent autour des tables. Une banderole accrochée au balcon du nouvel hôtel de ville proclame : « À chaque pfennig économisé, la misère recule. »

Maman est rentrée très tôt ce matin, il devait être quatre heures quand elle a poussé la porte, à cause d'un accident au bec de coulée du troisième convertisseur. Une verrière a cédé sous le poids de la neige. L'eau s'est déversée sur la fonte en fusion provoquant une explosion qui a projeté des éclats enflammés dans tout l'atelier. Trois ouvriers ont été sérieusement blessés, et la production a été mise en sommeil, le temps de procéder aux réparations. Elle en tremblait encore, les images du drame défilaient devant ses yeux. Après avoir fait infuser du tilleul, elle s'est assise au pied de mon lit. Elle pose sur ses genoux une petite boîte en bois, de la taille d'un paquet de cigarettes, qu'elle était allée prendre dans sa trousse de couture. Elle l'ouvre et me tend le cliché qui y est caché.

— Tiens, c'est lui, c'est ton père...

Je me redresse lentement en prenant appui sur les bords du matelas, bloque mon dos contre l'oreiller. Je saisis le rectangle de carton que j'incline devant mes yeux. Il est seul sur la photo qui n'a pas été prise ici, à Duisbourg, mais sur un champ de bataille. Probablement en France. On voit l'ombre d'une pièce d'artillerie sur la droite et à gauche l'entrée d'un abri protégée par des sacs de sable. Du matériel de cuisine est entassé près des restes d'un feu de camp, et des fusils sont appuyés contre une petite butte de terre. Mon père se tient debout. Il regarde l'objectif, droit devant lui, et semble esquisser un sourire qui découvre légèrement ses dents. Il a l'air très grand. Il porte l'uniforme des tirailleurs sénégalais, une veste et un pantalon de couleur sombre, un casque orné d'une ancre de marine et d'une grenade, une large ceinture de tissu serrée autour de la taille. Il roule une cigarette entre ses doigts. Je retourne la photo, machinalement, pour découvrir quelques lignes tracées au crayon à papier : « Amadou Diallo. 25ᵉ RTS, 2ᵉ Bataillon. Adresse : chez Galadio Diallo, Sinéré, Soudan français. »

— Amadou Diallo... Tu lui as écrit ?

Elle se rapproche, pose sa main sur mon front.

— Oui, plusieurs fois, mais personne n'a jamais répondu. Elles ne sont peut-être jamais arrivées à destination. Je ne sais pas ce qu'il est devenu... J'ai cherché sur la carte. Sinéré se trouve près d'une ville qui s'appelle Mopti. Galadio, c'est son frère aîné... Ton oncle, si tu préfères...

— Il est parti quand d'ici ?

Maman se lève, se déplace près de moi pour que nous regardions la photo ensemble. Je me suis laissé aller contre elle.

— Il est arrivé avant le printemps 1921, et il a disparu avant l'été... Tu es né en janvier de l'année suivante. L'armée française a brusquement retiré ses troupes coloniales de tout le territoire allemand pour les remplacer par des soldats blancs... Je l'ai appris à la dernière minute... Le médecin venait de me dire que j'attendais un enfant. Je me suis précipitée à la gare, mais le train quittait déjà le quai. Il n'a pas su qu'il allait être père...

Quand je me réveille, alors que le matin est toujours prisonnier de la nuit d'hiver, maman dort près de moi, recroquevillée, protégée du froid par mon seul couvre-lit. Je me lève en frissonnant, tire ma couverture sur ses épaules. Elle bouge, ouvre les yeux une fraction de seconde puis retourne à ses rêves. Il reste quelques braises rougeoyantes au fond de la cuisinière, et je n'ai aucun mal à faire repartir le feu avec du petit bois. Dès que les flammes sont assez hautes, je verse du charbon à même le seau, en prenant garde de ne pas étouffer la combustion. La neige est tombée en abondance. Je m'habille et sors chercher le pain, marquant de mon passage le blanc uniforme du paysage. Le long du port, le givre fait comme des guirlandes sur les montants, les croisillons, les flèches des grues. Dans le chenal, une mince pellicule glacée commence à se former à la surface de l'eau. Une mouette s'y pose, fait quelques pas avant que la fine couche ne se brise sous son poids.

La voiture, une Hansa, m'a dépassé alors que je me baissais pour renouer l'un de mes lacets. Elle tourne au coin de la rue Zwingli, ralentit pour s'arrêter devant la barrière de notre maison. Deux SA descendent du véhicule tandis que le conducteur, en qui je reconnais Dieter, reste au volant. Ma mère, un manteau passé sur les épaules, les manches pendantes, leur ouvre la porte. Ils discutent sur le seuil pendant quelques minutes, lui tendent un papier, finissent par entrer dans la maison, reviennent près du véhicule. Je comprends à ses gestes que Dieter ordonne à l'un de ses hommes de demeurer sur place, puis la Hansa noire disparaît par la route des usines, vers l'horizon hachuré par les cheminées des aciéries Phönix. Peut-être enquêtent-ils sur l'accident de la nuit précédente ? Dissimulé derrière le transformateur électrique qui alimente le secteur, j'observe le milicien qui fait les cent pas sur le trottoir en tapant du pied pour se réchauffer. Dès qu'il me tourne le dos, je décide d'abandonner mon abri. Je contourne le quartier en filant d'abord en direction du Rhin, avant de remonter par un chemin de terre tracé au milieu des jardins. Il ne me reste plus qu'à enjamber une barrière pour arriver à l'arrière de notre maison. Je me hisse à l'intérieur par la fenêtre de la chambre laissée entrouverte. Je m'accroupis et marche en canard jusqu'à la cuisine. Ma mère manque de pousser un cri en me voyant. Elle écarquille les yeux pour me signaler la présence du SA, dans la rue. Je me réfugie sous la table d'où je me mets à chuchoter :

— Qu'est-ce qui se passe ?

Elle remplit son bol de lait bouillant, vient s'asseoir au plus près de moi, se penche vers le tombé de la toile cirée.

— Ils te cherchent pour t'emmener faire des examens à l'hôpital...

— Des examens à l'hôpital ? Mais pourquoi ? Je ne suis pas malade...

Elle fait glisser le long de sa robe le formulaire frappé de l'aigle enserrant une croix gammée que l'un des miliciens lui a remis. Je tends la main, lentement. La première chose que je lis, c'est mon nom, Ulrich Ruden, calligraphié à la plume en lettres gothiques. Suivent ma date de naissance et mes origines : « né le 17 janvier 1922 à Duisbourg, de Irmgard Ruden, de nationalité allemande, et d'un Nègre inconnu des anciennes forces françaises d'occupation ». Selon la directive, je dois être conduit, pour observation, et cela « en application des lois du 14 juillet 1933 », auprès du docteur Nieden à l'hôpital protestant de Cologne.

— Qu'est-ce que je dois faire, maman ? Il faut que j'y aille ?

Elle cherche à poser sa main sur ma tête, pour me rassurer.

— Non, surtout pas... Tu te souviens de la petite Gerda, la fille des Blüher ?

— Oui, celle qui était un peu malade de la tête, dont tout le monde se moquait... Ses parents vendent des légumes au marché.

Je sens ses doigts qui accrochent mes cheveux bouclés.

— Oui... C'est justement là qu'ils l'ont emmenée, à Cologne. Plus personne ne l'a jamais revue...

Le mieux, c'est que tu ailles te cacher, le temps de comprendre ce qu'il faut décider...

À cet instant, le milicien a collé son visage au carreau, pour voir ce que ma mère faisait. Dès qu'il reprend ses allées et venues sur le trottoir, je file vers la chambre. Elle me prépare un casse-croûte au saucisson, l'enveloppe dans une feuille de journal, m'oblige à le prendre. Serré contre elle à m'en étouffer, je l'embrasse longuement.

J'ignorais alors que c'était la dernière fois que je lui apportais son pain du matin, que je ne la reverrais plus jamais.

Je saute par la fenêtre, et je traverse les jardins en prenant soin de brouiller mes traces dans la neige au moyen d'une branche arrachée à un sapin. Quand j'ai dépassé le pâté de maisons, un voisin me fait un signe de la main. Je lui réponds le plus naturellement possible. Je ne sais vers où me diriger. Mon premier réflexe est d'aller me terrer dans la cabane du grand-père, mais il est évident qu'ils y viendront en priorité s'ils tiennent vraiment à m'attraper. Je me rends soudainement compte de ma solitude. Mon seul refuge est un village du bout du monde, Sinéré, dans la région de Mopti, au Soudan français, auprès d'un oncle mystérieux dont je porte le prénom, Galadio. Je tourne en rond pendant une partie de la journée, me précipitant derrière une haie, le tronc d'un arbre, m'accroupissant dans le fossé, dès que j'entends le bruit d'un moteur. Des bourrasques de vent projettent des particules de neige durcie qui me fouettent le visage. Sans que je le veuille vraiment, ou plutôt sans que j'en prenne réellement conscience, alors que le jour décline, mes pas me conduisent près du carrefour où, quelques semaines plus tôt, la bande commandée par Dieter procédait à la rafle des animaux. Transi de froid, je m'approche de la maison où habite la famille Baschinger. Je grimpe les trois marches du perron, mais ma main se pose sur le bois de la porte. Je ne trouve pas la force de frapper. Je suis en train de redescendre les degrés quand j'entends la porte s'ouvrir dans mon dos. Je me retourne. Déborah se tient dans l'encadrement, un gros pull en laine sur les épaules.

— C'est toi, Galadio ? Qu'est-ce que tu fais ici ? Tu es trempé, tu as besoin de quelque chose ?

— Je ne sais pas où aller... Ils veulent me prendre pour m'envoyer à l'hôpital...

— De qui tu parles ? Je ne comprends pas ce que tu me racontes... Entre vite, il ne fait déjà pas très chaud à la maison...

Elle me conduit dans la salle commune où ses parents et son jeune frère jouent au jeu de l'oie, assis autour de la grande table. Je connais bien M. Baschinger, même si cela fait plusieurs mois que je ne l'ai pas croisé : il a été mon instituteur avant que je rejoigne le Gymnasium de Duisbourg. Il y a maintenant trois ans, les nouvelles autorités lui ont interdit d'enseigner aux jeunes Allemands. Désormais, il doit se contenter de donner quelques cours dans une école réservée aux enfants juifs. Sa femme, qui était infirmière au centre de convalescence de Bethesda, fait le ménage pour les commerçants de la rue Royale. Après avoir fini de leur expliquer ce qui m'arrive, un silence pesant s'installe dans la pièce. C'est Déborah qui le rompt.

— On peut l'installer au grenier. Moi, j'ai deux grosses couvertures. Si je garde mon chandail, une seule me suffira...

Mme Baschinger fixe sa fille, droit dans les yeux.

— On l'a peut-être vu entrer chez nous... Tout se sait. Les gens parlent beaucoup... Qu'est-ce qu'on va devenir si cette brute de footballeur arrive ici, avec sa troupe de SA?

Son mari enlève ses lunettes pour les essuyer avec la pointe de sa cravate.

— Il est là, maintenant... On pourra dire ce qu'on voudra, c'est trop tard... Je vais aller lui faire de la place tout là-haut.

À la nuit tombée, derrière les rideaux hermétiquement tirés, nous avons mangé des boulettes de pain trempées dans un bouillon aux vermicelles. Ils m'ont tous accompagné dans le grenier où M. Baschinger avait confectionné un matelas à l'aide de vêtements de morceaux de tissu, recouverts d'un drap de toile écrue. Plus tard, alors que je m'endormais, la porte de mon réduit s'est ouverte. J'ai reconnu la silhouette de Déborah. J'ai fait semblant de dormir lorsqu'elle a déplié sa couverture sur moi, sans faire de bruit, puis quand elle s'est penchée pour déposer un baiser sur mon front. On me traquait sans que je comprenne exactement pourquoi, j'étais séparé de ma mère, mais, paradoxalement, je n'avais jamais été aussi heureux.

CHAPITRE 5

La fumée noire de l'effort

Le lendemain matin, c'est l'odeur de l'orge grillée qui me réveille. La famille est rassemblée autour de la table, et je m'installe devant une tasse remplie de faux café. M. Baschinger a terminé de déjeuner. Il prend place dans le fauteuil pour lire le *Völkischer Beobachter*, le journal du parti nazi que le facteur vient de glisser sous la porte d'entrée. Son épouse le regarde puis lève les yeux au ciel.

— Walther, mais comment peux-tu continuer à t'intéresser à ce tissu de mensonges... Ça dépasse l'entendement !

Déborah me jette une œillade comme pour me dire que j'assiste à une scène rituelle.

— C'est pourtant simple... Où veux-tu que j'aille chercher des informations ? Tout nous est interdit, le moindre déplacement dans la ville peut se transformer en catastrophe. Plus personne ne nous parle, le téléphone nous a été supprimé... J'arrive tout juste à échanger quelques mots avec le commis de l'épicier, quand il vient nous livrer de quoi ne pas mourir de faim ! La seule chose qu'ils ne peuvent pas empêcher, c'est que je sois abonné à ce quotidien... Il n'existe pas encore de loi pour refuser à un juif d'acheter le journal d'Hitler !

Sa femme revient à la charge.

— Mais tu sais bien que tout est faux, comme ce café que je fabrique avec de l'orge grillée...

Il relève ses lunettes, hoche la tête en savourant l'objection. Un sourire ironique se dessine sur ses traits.

— Justement ! Pour inventer un mensonge, il faut en premier lieu connaître la vérité... Pour mieux la dissimuler. Un philosophe m'a appris que, dans les périodes de tromperie généralisée, l'honnête homme doit s'efforcer de déceler la vérité enfouie sous le mensonge. Je lis pour rectifier, au fur et à mesure, de phrase en phrase, de manière à corriger ce que j'ai sous les yeux et ce qui s'y cache... Plus le mensonge est gros, et plus la réalité est facile à trouver. Le problème, c'est que nous sommes bien peu à nous astreindre à cet exercice... Regarde ce qu'ils écrivent : « Hier, la circulation automobile a été interrompue dans toute la région de Berlin dans le but de rechercher les agents de liaison ainsi que les imprimés antinationaux. » Il y en a qui applaudissent l'effort de vigilance. Je conclus de cette lecture que si on arrête la circulation, c'est parce que des tracts se propagent encore, que des gens se dressent contre ce qu'on a fait de leur pays !

C'est comme ça toute la journée. Le moindre prétexte est bon pour discuter à l'infini sur un détail qui me paraissait, au premier abord, sans importance. Il suffit de les écouter argumenter pour se laisser prendre au jeu et finir par considérer qu'il n'existe rien de plus décisif. Le récent ramassage des moules à gâteaux en forme de croix gammée s'invite dans la conversation. Rapidement, il est question du Dimanche du Ragoût, et M. Baschinger se souvient soudain qu'avant d'être écarté de ses fonctions d'enseignant l'administration retenait chaque mois plusieurs marks sur son salaire. La mention portée sur le bulletin de paie spécifiait : « Versement volontaire au titre du Secours national. »

— Je me suis creusé la tête pour savoir en quoi c'était volontaire alors que je n'avais jamais rien demandé !

C'est au tour de sa femme de se faire malicieuse :

— Tout simplement parce que rien ne t'empêchait de verser davantage !

Nous éclatons de rire, sans trop savoir ce que nous avons compris.

Même si les pièces sont froides, humides, que la cuisine se limite aux assiettées de gruau, aux divers accommodements des pommes de terre, au chou bouilli, je serais bien resté des années entières à les écouter, assis près de Déborah, le cœur aux aguets dès que son coude frôle le mien, que le souffle de sa respiration effleure ma joue. Nous feuilletons ensemble les quelques livres qui n'ont pas encore été vendus, des albums de famille avec les défilés de scènes de mariage, de repas, de présentation des nouveau-nés. Une voiture neuve exposée devant la maison de Duisbourg, un couple qui s'apprête à grimper à bord d'un avion pour un baptême de l'air, une baignade sur l'île de Helgoland, l'arrivée d'un paquebot dans le port, tiré par des remorqueurs rejetant dans le ciel la fumée noire de l'effort. Il flotte sur ces clichés un tel parfum d'insouciance que nous avons des difficultés à croire que ces temps ont réellement existé.

La parenthèse se referme brusquement le lendemain en fin de journée, quand le commis vient livrer des haricots, des carottes et, surprise, des harengs fumés enveloppés dans un papier huilé marron. Au détour de ses échanges avec M. Baschinger, il se plaint d'être en retard dans sa tournée à cause des perquisitions en cours.

— Quelles perquisitions ?

— Dieter et ses hommes passent tout le quartier de la gare au peigne fin. Ils ne veulent pas dire ce qu'ils cherchent. Peut-être des espions, comme à Berlin... Il paraîtrait qu'ils ont même stoppé la circulation, là-bas, pour fouiller les voitures... À Berlin, on peut comprendre, mais ici, à part le port, c'est plutôt calme, non ?

Le père de Déborah le raccompagne puis se tourne vers nous.

— Avec lui, je me demande toujours s'il dit ça par naïveté, s'il se doute de quelque chose ou s'il veut nous prévenir...

— Peu importe, papa ! Ils peuvent débarquer chez nous d'une minute à l'autre, comme l'autre fois quand ils ont emmené Takouze. Il faut prendre une décision...

Je ne lui laisse pas le temps de faire la moindre proposition.

— Écoutez... Je ne vous remercierai jamais assez pour tout ce que vous avez fait pour moi ces derniers jours. J'ai pu me reposer et penser à la manière de m'en sortir. J'ai une idée. Je sais où aller maintenant. Il fait assez sombre dehors pour que je puisse partir sans qu'on me remarque.

Il ne me faut que quelques minutes pour monter au grenier et me préparer. Avant que je ne me glisse dans la nuit, Déborah me tend un baluchon : une couverture, des pommes de terre cuites à l'eau et l'un des harengs. Elle fait un pas sur le perron. Nous nous embrassons longuement, masqués par la porte, enveloppés par l'obscurité. Je m'éloigne à grandes enjambées en coupant au travers du petit bois où les gens du quartier font griller des saucisses, au printemps. Un chien aboie sur mon passage, provoquant les répliques de ses congénères. Une lumière s'allume, un rideau se soulève, m'obligeant à me jeter dans la neige. Je n'emprunte les rues éclairées que sur quelques mètres, préférant marcher dans les allées dépourvues de réverbères, au plus près des haies. Quand je parviens au sommet de la colline, je m'arrête pour contempler le reflet des lueurs d'incendie des aciéries Phönix sur les étendues glacées. J'ai l'impression que la chaleur de l'acier en fusion arrive jusqu'à moi. Je prends à ma gauche, vers le Rhin. Un quart d'heure plus tard, les mains tremblantes, j'ouvre le cadenas de la cabane du grand-père. Je dispose des planches sur le sol, dans le noir complet, puis je me couche tout habillé, protégé du froid par la couverture de Déborah. Je m'endors aussitôt, épuisé. Des bruits me réveillent alors que la matinée est bien avancée. Un moteur de voiture dans le lointain, la sirène sourde d'un cargo, la neige qui crisse sous des pas... Je me lève pour fuir mon refuge, mais il est déjà trop tard. La porte cède, arrachée de ses pauvres charnières. Les silhouettes de deux SA en uniforme se découpent sur la clarté du ciel. Un autre homme se tient devant la fenêtre grillagée.

— On t'a enfin mis la main au collet. Viens ici !

La voix qui m'ordonne de sortir ne m'est pas étrangère, même si je ne parviens pas sur le moment à l'identifier. Je fais un pas, puis un autre en dehors de la cabane. La réverbération du soleil d'hiver sur la neige m'oblige à placer ma main au-dessus de mes yeux. Je l'éloigne lentement jusqu'à ce qu'apparaisse un visage connu dans mon champ de vision.

— Oncle Ludwig ! Ce n'est pas possible... Je ne savais pas que...

Il éclate d'un grand rire démonstratif à l'usage de ses complices.

— Tu ne savais pas quoi ? Que je faisais partie des sections d'assaut ? Eh bien, maintenant c'est officiel. Et ne t'avise plus jamais de me donner du « mon oncle ». On ne sait pas d'où tu viens. Personne n'a jamais voulu de toi. Ton père encore moins que les autres... Compris ?

La Hansa noire est garée dans le chemin, moteur en marche. On me bloque à l'arrière entre deux miliciens. Ludwig s'installe à l'avant près de Dieter qui enclenche une vitesse. Je surprends son regard clair dans la glace du rétroviseur. Nous traversons les faubourgs, le port pour rejoindre Hochfeld. Bientôt, nous roulons sur la nouvelle voie rapide en direction de Düsseldorf. Nous évitons la ville en empruntant tout un réseau d'embranchements. Je n'ai rien avalé depuis la veille. J'ai faim et je pense au hareng fumé posé sur l'établi dans son papier huilé. Un chat en fera son ordinaire. Ils allument cigarette sur cigarette, chantent à tue-tête :

Nous continuerons d'avancer,
Même si tout doit tomber en ruine,
Car aujourd'hui l'Allemagne nous appartient,
Et demain le monde entier !

Il n'est pas encore midi quand nous pénétrons dans la banlieue de Cologne que dominent au loin les deux flèches de la cathédrale... La voiture se rapproche du centre en traversant des quartiers ouvriers, s'engage dans un réseau de petites rues bordées de pavillons en ligne, avant de se présenter devant la barrière de l'hôpital protestant, plus imposant encore que l'établissement de la rue Heer à Duisbourg. Dieter agite un document constellé d'une série de tampons. Le gardien vérifie puis lui indique le chemin pour se rendre au bloc A. Seuls Dieter et Ludwig quittent l'habitacle pour me conduire à l'accueil du service dirigé par le professeur Nieden, chirurgien-chef, comme une plaque apposée dans le hall d'accueil me l'apprend. Ils font viser leurs formulaires par le docteur de permanence.

— Tout est en ordre... Nous le présenterons cet après-midi même au Tribunal de Santé héréditaire. Nous ne manquerons pas d'adresser nos remerciements les plus chaleureux à la direction du parti de Duisbourg pour la qualité de votre travail.

Je suis aussitôt pris en charge par deux infirmiers qui me font entrer dans une pièce minuscule, m'ordonnent de me déshabiller entièrement. Ils me fournissent une sorte de pyjama bistre en échange de mes vêtements. J'ai également droit à une assiettée de soupe aux lentilles, à un morceau de pain, avant qu'on ne me pousse dans un dortoir d'une vingtaine de lits dont trois seulement sont occupés.

— Tu te mets où tu veux. On viendra te chercher tout à l'heure.

Je choisis de m'installer sous une fenêtre protégée par des barreaux, près d'un des gros radiateurs qui chauffent un air saturé de désinfectant. Les trois patients ont sensiblement le même âge que moi, et leur peau est pareillement sombre. Je me souviens d'avoir croisé un autre métis, il y a plusieurs années sur le port, d'avoir traîné près de bateaux venus d'horizons lointains, fasciné par leurs équipages composés d'Africains, d'Indonésiens, de Chinois, mais là, c'était la première fois de ma vie que je me trouvais en présence de mes semblables. J'ose un salut auquel ils répondent tout aussi timidement, et cinq bonnes minutes se passent, en silence, avant que l'un d'eux ne se décide à venir vers moi.

— Je m'appelle Konrad... Tu viens d'où ?

— Moi, c'est Ulrich... J'habite tout à côté de Duisbourg, à Ruhrort... Vous savez pourquoi on est dans cet hôpital ? Je ne suis pas malade... Il y a longtemps que vous êtes arrivés, tous les trois ?

Konrad vient prendre appui sur le montant métallique de mon lit.

— Personne n'est malade, c'est seulement pour des examens. Ça fait deux jours qu'on est là. Moi, je suis de Düsseldorf, Peter de Coblence et Ernst des environs de Ludwigshafen.

Ernst et Peter finissent par nous rejoindre. Nous passons une bonne partie de l'après-midi à discuter. Ils s'étonnent quand je leur raconte ma fuite à l'approche des SA, les journées à vivre seul dans la cabane des bords du Rhin avec un hareng fumé pour seule nourriture... J'apprends qu'ils sont venus volontairement, que leurs mères n'ont fait aucune difficulté à signer les papiers qu'on leur présentait. Au fil de la conversation, je livre mon nom africain, Galadio, et Ernst m'apprend alors que son père est également originaire du Soudan français.

— Galadio, c'est un nom porté par les Peuls. Ma famille, du côté paternel, est toucouleur...

Le père de Peter faisait lui aussi partie de l'armée française d'occupation, mais il venait de l'île de Madagascar dans l'océan Indien. Konrad attend que nous ayons tous expliqué nos origines pour lancer :

— Si je comprends bien, je suis le seul véritable Allemand présent dans cette pièce !

Il éclate de rire devant nos mines consternées.

— Je plaisante ! Du moins à moitié... Les ancêtres de ma mère sont enterrés au cimetière de Düsseldorf depuis des siècles, et ceux de mon père dans celui de Douala, au Cameroun, face à la mer... Il avait la nationalité...

Je me souviens alors de M. Baschinger. C'est lui qui m'a appris, à l'école, que le Cameroun était un territoire d'Afrique conquis par l'Allemagne et qu'il nous avait été confisqué après la défaite de novembre 1918. La porte du dortoir s'ouvre au moment où je viens d'allumer la lumière. Les deux infirmiers, auxquels s'est jointe une femme en blouse blanche qui semble leur supérieure, nous demandent de les suivre jusqu'au Tribunal installé pour l'occasion dans une salle attenante au bureau du directeur de l'hôpital. Nous sommes introduits chacun à notre tour dans la pièce. Deux hommes vêtus de costumes sombres sont accoudés à une table sur laquelle s'entassent des dizaines de dossiers, avec, dans leur dos, une photo d'Adolf Hitler saluant l'un des immenses défilés de Nuremberg. Pendant qu'ils feuillettent leurs documents, on me demande de me mettre nu devant tous ces gens. On me pèse, on me toise, on m'évalue, on me palpe, on me demande d'écarter les jambes, de me baisser, de tousser tandis qu'on m'ausculte sous toutes les coutures. On me soulève les paupières, on sonde mes dents, on mesure la circonférence de mon crâne, la longueur de mes bras, l'écartement de mes narines, on tire sur mon sexe, on appuie douloureusement sur mes testicules... Cela s'arrête enfin.

Je me rends compte qu'ils délibèrent sur mon cas pendant que je me rhabille. Les deux hommes en noir signent un formulaire, donnent un coup de tampon avant que je sois transféré vers le bloc chirurgical. L'un des infirmiers baisse mon pantalon, me maintient immobile, tandis que l'autre me rase les poils pubiens. On me force à avaler un cachet au goût amer. J'ai la bouche pâteuse, la tête me tourne. La femme en blanc me guide vers la table d'opération. Elle est maintenant seule avec moi, et je la vois, au travers d'une sorte de brouillard, qui consulte mon dossier. Elle s'approche, me secoue par les épaules.

— Tu es bien Ulrich Ruden, et ta mère s'appelle Irmgard, c'est exact?

Je dois faire un effort pour articuler la seule syllabe du mot.

— Oui...

Elle hoche la tête.

— Tu habites rue Zwingli, à Ruhrort?

— Oui...

On tambourine à la porte.

— Tu as besoin de nous, Greta?

— Non, il se tient tranquille, je peux me débrouiller seule. C'est l'affaire de cinq minutes. Merci.

Elle s'incline vers moi pour me parler à l'oreille.

— Écoute... Je vais t'inciser, ça va être un peu dur, mais je ne ferai pas ce qui est prévu pour toi. Tu vas rester quelques jours ici, en convalescence. Je viendrai te soigner...

Elle me tourne le dos pour saisir un instrument. Puis elle se penche, m'écarte les cuisses. Une douleur fulgurante m'irradie le ventre. Je ne m'entends pas hurler, comme si le son restait bloqué dans ma gorge. La dernière chose que j'aperçois, avant de m'évanouir, c'est un scalpel étincelant.

CHAPITRE 6

Les Gaulois noirs

Lorsque je reprends mes esprits, le dortoir est plongé dans le noir, faiblement éclairé par une veilleuse. L'effet du cachet s'est dissipé. Le moindre mouvement provoque des élancements qui partent du bas-ventre et poussent des pointes dans tout mon corps. Je passe lentement ma main entre mes jambes, et je constate la présence d'un pansement. Je serre les dents pour trouver le courage de relever la tête. Mes yeux se sont habitués à la pénombre. De nombreux lits, plus d'une dizaine, sont maintenant occupés par des formes endormies. Il faudrait que je me lève pour aller aux toilettes, mais je n'ai pas même la force de soulever les draps. Désespéré, honteux, je laisse le liquide s'écouler. Au clocher de l'église proche, le carillon égrène les heures. Je sombre dans un sommeil agité, en proie à des cauchemars qui me réveillent en sursaut et s'évaporent en laissant place à l'angoisse. Les portes s'ouvrent avec fracas sous le coup de boutoir d'un chariot poussé par deux jeunes femmes. Elles nous servent une soupe claire accompagnée d'une tranche épaisse de pain bistre. Peter, le Malgache, se dirige en boitillant vers les lavabos. Alors qu'il passe devant mon lit, j'essaie d'attirer son attention mais il fait comme si je n'existais pas. Un cri nous fait tourner la tête. Les deux cantinières sont arrivées à l'extrémité de la salle, là où Ernst, le fils du Toucouleur, continuait, semble-t-il, à dormir. Elles l'ont secoué sans qu'il réagisse, elles ont fini par tirer la couverture sur un corps recroquevillé, sans vie. Les infirmiers se précipitent, évacuent le cadavre roulé dans un drap. La simple vue de l'eau tiède, du pain me dégoûte, mais je les avale, tenaillé par la faim.

En fin de matinée, la femme médecin qui a pratiqué l'intervention chirurgicale apparaît, flanquée des deux hommes en blanc de la veille. Elle s'arrête devant chaque lit, jette un regard sur chacun des patients que ses aides dénudent rapidement, note ses observations sur les feuilles posées sur une tablette en bois. Arrivé à ma hauteur, l'un des infirmiers fait la moue, se pince le nez.

— Et celui-là, en plus, il a pissé sous lui !

Elle incline légèrement le buste, agite la tête à plusieurs reprises.

— Ce n'est pas très beau... Il faudrait que je l'examine de plus près... On a déjà eu un accident ce matin, pas la peine de risquer d'en ajouter un autre... Vous me l'amènerez à l'infirmerie dès que j'aurai terminé la visite.

Un quart d'heure plus tard, ils me sortent de mon lit sans ménagement et me font remonter le couloir debout, en me soutenant par les aisselles, chacun d'un côté. Je me retiens pour ne pas crier. J'ai le temps de reprendre un peu de force, allongé sur une table d'auscultation, avant que la femme médecin ne me rejoigne. Elle me nettoie sans prononcer un mot, stérilise la plaie à l'aide d'un liquide glacé, pose un pansement. Elle me tend un cachet, un verre d'eau.

— Prends ça... La douleur devrait s'atténuer dans la journée...

Je déglutis et me décide d'un coup à m'adresser à elle.

— Merci. Qu'est-ce que vous m'avez fait ?

— Je te l'ai déjà dit : à toi, rien. J'ai seulement pratiqué une incision, mais je n'ai pas coupé le canal. Estime-toi heureux. Tous les autres métis ont été stérilisés, en application des lois sur la protection de la race.

Je me mets à crier.

— Pourquoi moi, pourquoi pas Ernst ? Il serait toujours vivant ! Son père venait du Soudan français, comme le mien.

— Tais-toi ! Ce n'est pas à toi que j'ai pensé, mais à ta mère, Irmgard Ruden. Mon père a été tué en même temps que le sien pendant la guerre, et nous avons été élevées ensemble, pratiquement comme des sœurs. On a étudié dans les mêmes classes. Elle voulait être médecin, elle aussi. Je n'arrêtais pas de lui dire qu'il fallait qu'elle fasse attention, qu'elle ne fréquente pas les Gaulois noirs, mais c'était plus fort qu'elle.

Les idées se bousculent dans ma tête. La plus urgente parvient jusque sur mes lèvres.

— Vous avez connu mon père ?

— Qu'il aille au diable, lui et tous ses semblables ! Il a pris du bon temps, il est parti sans se soucier du malheur qu'il laissait derrière lui. Quand le dernier militaire français a quitté la patrie de notre peuple, en 1930, des gens du quartier sont venus chercher Irmgard, rue Zwingli. Ils lui ont tondu les cheveux avant de la promener dans tout Ruhrort avec un panneau accroché sur la poitrine... Elle ne méritait pas ça... Je n'ai pas eu le courage de la défendre. Aujourd'hui, je suis quitte.

Un aide-soignant que je n'avais pas encore vu me place sur un lit à roulettes pour me faire réintégrer le dortoir. J'y reste trois jours supplémentaires, le temps d'une cicatrisation minutieusement contrôlée chaque matin par l'ancienne amie d'enfance de ma mère... J'ignore totalement ce qu'ils vont faire de moi à l'issue de mon séjour à l'hôpital évangélique de Cologne. Je ne souhaite plus qu'une chose : retourner à Ruhrort, revoir maman, rôder autour de la maison de Déborah, retrouver mes copains de classe. La réponse arrive le dernier matin sous la forme d'un couple qui fait sensation en arpentant l'allée centrale de notre salle de convalescence. L'homme, âgé d'une trentaine d'années, porte un chapeau noir à large bord. Sa tenue noire évoque un uniforme d'apparat SS auquel auraient été enlevés les signes distinctifs militaires. Cela lui donne une silhouette élancée très élégante.

Son imperméable aux revers imposants, aux pointes acérées, flotte autour de lui, l'enveloppant dans une sorte de vague permanente. La femme, quant à elle, est fichée sur des talons démesurément hauts. Elle disparaît dans un épais manteau d'où émerge une figure d'une pâleur maladive auréolée d'une chevelure épaisse et bouclée. Elle plante une cigarette dans un embout nacré. La lueur de la flamme du briquet creuse un peu plus les cernes violacés sous ses yeux. Les infirmiers nous ordonnent de nous placer au garde-à-vous, torse nu, au pied de nos lits, comme pour une inspection militaire matinale. Les deux créatures marchent lentement dans le couloir. Elles observent un temps d'arrêt devant chaque pensionnaire, le toisent, évaluent son état. Quand elle arrive à ma hauteur, la femme au visage blafard me rejette la fumée de sa cigarette au visage en arrondissant les lèvres. Elle se tourne vers son compagnon pour lui dire d'une voix rauque :

— Il n'est pas trop mal, celui-là... C'est la bonne taille.

— Oui, son grain de peau prend la lumière... Un peu trop clair peut-être, mais bien maquillé, ce sera parfait...

— On le prend ?

Il passe la main sur mes cheveux, la laisse traîner sur ma joue.

— Oui, note son nom pour récupérer le dossier auprès du directeur.

Après avoir mangé, un infirmier me fait entrer dans

une pièce réservée. Pour la première fois depuis que je suis arrivé à l'hôpital de Cologne, je peux quitter le pyjama qui nous fait ressembler à des prisonniers. On me rend mes affaires personnelles, lavées et repassées. Je veux croire qu'on va me permettre d'emprunter seul les escaliers, que la voiture Hansa m'attendra derrière la barrière, moteur en marche, et que l'oncle Ludwig, malgré tous ses défauts, me reconduira auprès de ma mère. Mais l'infirmier ne me quitte pas d'un mètre. Il ouvre la porte d'un monte-charge, tire la grille, me pousse dans la cabine à moitié remplie de linges sales, appuie sur un bouton. Parvenus au rez-de-chaussée, nous traversons la laverie de l'établissement entre deux rangées de machines à laver, à sécher, à repasser les centaines de paires de draps, les milliers de pièces de tissu que le personnel d'entretien ramasse chaque jour dans les chambres, les dortoirs, les réfectoires. L'odeur humide qui m'enveloppe me rappelle les jours de grand ménage, rue Zwingli, quand la lessiveuse bouillonnait sur la cuisinière chauffée à blanc. L'infirmier pousse un rideau de séparation fait de lourdes lamelles de caoutchouc. Derrière, plusieurs ambulances sont stationnées au milieu d'une placette. Les chauffeurs, adossés aux carrosseries, patientent en tirant sur leur cigarette. Je remarque la présence d'une énorme Mercedes, un peu à l'écart, dont une des vitres, à l'avant, vient de se baisser devant le visage de l'homme qui, une heure plus tôt, visitait notre dortoir. Il a ôté son chapeau, découvrant un crâne totalement chauve. Il sort la main de l'habitacle, me fait signe de m'approcher. L'infirmier m'encourage d'une tape dans le dos.

— Je crois qu'on t'attend...

La porte arrière de la berline s'ouvre devant moi. Je m'installe sur le strapontin opposé à la profonde banquette en cuir sur laquelle a pris place la femme en fourrure. Je baisse les yeux devant son regard glacé. Un homme aux allures de policier est assis à l'autre extrémité, tandis qu'un jeune métis lui fait face sur le second strapontin. La Mercedes quitte doucement la cour, file sans bruit entre les différents bâtiments qui composent l'hôpital. Elle marque le pas au moment de passer le contrôle, avant de s'engager dans les rues enneigées de Cologne. Nous longeons les eaux dormantes du Rhin sur quelques kilomètres avant de franchir le fleuve pour rejoindre l'autoroute. Nous croisons des dizaines de camions militaires remplis de soldats qui s'en vont en manœuvres. Le claquement régulier des pneus sur les jointures des plaques de ciment me fait sombrer dans une torpeur que je tente vainement de tenir à distance. Je dodeline de la tête, mes paupières sont lourdes... Je m'abandonne. Un brusque coup de frein me projette sur le sol. La femme éclate de rire en voyant mon air ahuri. Notre chauffeur contourne la remorque détruite d'un camion dont le chargement a versé, slalome pour éviter les débris de verre, de métal, puis il accélère dès que la route est dégagée. Avant de recommencer à somnoler, j'ai le temps de déchiffrer une indication sur un panneau : « Berlin 357 km ». Avec mon compagnon d'infortune, nous savons que nous n'avons pas droit à la parole. Nous allons vers l'inconnu sans poser de questions. Une heure plus tard, nous faisons une halte en pleine campagne pour prendre de l'essence. Le couple profite de la pause pour aller se désaltérer dans l'auberge qui jouxte la station-service, nous laissant sous la garde du policier auquel ils font porter un bock de bière par l'un des serveurs. À leur retour, la femme monte devant, près du chauffeur, et ils ne cessent de discuter pendant tout le reste du voyage. Il est question d'un film retraçant les combats menés vingt ans plus tôt contre les communistes à Liepāja, en Lettonie. Ils semblent bien connaître les acteurs principaux, Willy Fritsch et Willy Birgel, qu'ils surnomment Willy I et Willy II ainsi que le metteur en scène, Herbert Maisch, qu'ils apprécient modérément contrairement au scénariste dont ils ne prononcent le prénom, Ernst, qu'avec respect. Après un long silence, l'homme raconte quelques anecdotes au sujet d'un voyage à Venise, à l'occasion d'un festival, se remémore l'émotion ressentie quand toute la salle s'est levée à l'arrivée du Duce, venu personnellement remettre la coupe Mussolini au réalisateur allemand Luis Trenker pour son film *L'Empereur de Californie.*

Contrairement à ce que je croyais, nous ne poursuivons pas notre voyage en direction de la capitale du Reich. Je ne verrai même pas les lumières de Berlin. La Mercedes quitte l'autoroute et se dirige vers la droite. Nous traversons des forêts, longeons des rivières bordées de maisons de campagne, empruntons des routes tracées au plus près des berges de lacs interminables. Nikolassee, Tegeler See, Wannsee. Derrière un rideau d'arbres, j'aperçois la façade ocre jaune d'un château, percée d'une infinité de portes-fenêtres bordées de blanc, puis défilent les dizaines de statues enveloppées de brume dressées dans des jardins sans fin. Cinq minutes plus tard, nous quittons une large avenue rectiligne et pénétrons dans un vaste complexe d'allure industriel, quelques bâtiments en brique rouge précèdent des hangars, des stocks de panneaux de bois protégés par des auvents. Celui que je prends pour un policier, et qui n'a pas prononcé une seule phrase depuis notre départ de Cologne, se décide à parler quand la voiture s'immobilise devant une maison de deux étages dont je remarque, immédiatement, que les ouvertures sont protégées par des barreaux.

— Pour vous, c'est le terminus ! Vous m'attendez devant la porte.

La silhouette sombre d'un bâtiment aux formes bizarres se découpe sur la nuit claire. L'homme fait le tour de la voiture pour aller prendre son bagage dans le coffre, puis il sort une clef de sa poche pour ouvrir la porte du pavillon. Une fois entrés dans le hall, il nous désigne une chambre près de l'escalier.

— Installez-vous. Je passe un coup de téléphone aux cuisines pour qu'on vous apporte à manger. Ensuite, vous vous couchez et vous dormez. Je ne veux rien entendre. Demain matin, on vous expliquera ce que nous attendons de vous.

Dès qu'il a tourné les talons, nous en profitons pour nous présenter l'un à l'autre. Nous parlons rapidement de tout, sauf de ce qui s'est déroulé dans la salle d'opération de l'hôpital de Cologne. Friedrich Lanzer vient de Düsseldorf où sa mère était danseuse dans le ballet de l'Opéra. Comme moi, il ignore pratiquement tout de son père. Il sait seulement qu'il a vécu à Marseille et qu'il était batteur pour l'orchestre de jazz d'une boîte de nuit du port, *La Crème du Moka.* Il me sourit :

— J'ai pris la passion de la danse à ma mère, celle de la musique à mon père. Je fais des claquettes. Je joue aussi de la guitare dans un groupe de jazz qu'on a formé à l'école de musique...

J'écarquille les yeux.

— Tu es un « Swing Boy » alors ? Chez nous, à Duisbourg, c'est interdit. Il y en avait une bande dans notre lycée. Ça s'est mal passé pour eux. Les miliciens les ont obligés à se couper les cheveux et à nettoyer les rues de la ville...

Il s'allonge sur son lit, les bras sous la nuque.

— Nous, on s'appelait les « Lindy Hop ». La musique qu'on jouait avait été acceptée par notre professeur, M. Hansenmeyer, qui était pourtant le représentant de l'Académie culturelle du Reich. On pouvait répéter aussi souvent qu'on le désirait. On n'a jamais eu d'ennuis, même quand ils ont organisé leur exposition sur la musique dégénérée à l'hôtel de ville... L'affiche, c'était un Noir aux joues gonflées, prêtes à exploser, qui jouait de la trompette pour des banquiers juifs...

Une femme en jupe noire étroite, bas de soie et hauts talons, un petit tablier en dentelle sur le devant, est venue nous apporter un plateau composé de soupe aux nouilles, de charcuterie. Du fromage blanc pour le dessert. Nous nous jetons sur notre repas alors qu'elle est encore en train de refermer la porte à clef derrière elle. Rassasié, je n'ai pas le courage de me débarbouiller. Je me laisse tomber sur mon matelas tandis que Friedrich continue à me parler des chanteurs, des orchestres qu'il préfère. Je lutte contre le sommeil alors qu'il se met à fredonner un air qu'il a entendu dans un film dont j'ignore jusqu'à l'existence, *A day at the races* des Marx Brothers...

— Il y en a un qui a une petite moustache...

CHAPITRE 7

La prise de Lutèce

Dès que le jour s'annonce, je me glisse en slip derrière les rideaux, curieux de découvrir le paysage qui nous entoure. La place sur laquelle nous sommes arrivés est semée de tronçons de colonnes romaines, le chapiteau d'un temple, des blocs de pierre, une machine munie de roues en bois qui ressemble à une catapulte. Le vent fait danser la corde d'un gibet. Plus loin, à une centaine de mètres, se dresse la façade d'un temple chinois avec ses tuiles en céramique, ses toits aux pointes relevées, ses poutres aux laques de couleurs vives. Un mur couvert d'idéogrammes est percé par endroits de trous noircis, comme s'il avait été attaqué au canon. Sur la droite, deux sphinx montent la garde à l'entrée d'un entrepôt, puis c'est la forêt dans laquelle une rivière découpe un arc de cercle. Je n'ai pas le temps d'en voir davantage. L'homme qui nous a accompagnés la veille entre dans la chambre.

— Tu es déjà debout, toi ? C'est bien. Secoue ton camarade. Je vous attends dans dix minutes en bas. La journée va être longue.

La tête de Friedrich émerge des draps. Il ouvre les yeux très lentement, s'étire en bâillant. Le temps de nous passer le visage à l'eau froide et d'avaler une tartine de pain, nous sortons sous une sorte de pluie fine qui verglace dès qu'elle touche le sol. Précédés de leurs chefs à cheval, une cinquantaine de légionnaires romains, le torse couvert d'une armure de cuir et les jambes nues, se hâtent vers les portes d'immenses ateliers où les attendent d'autres guerriers aux cheveux longs, vêtus de peaux de bêtes. Comme nous ralentissons l'allure à la vue de ce spectacle, notre guide marque un temps pour ouvrir son parapluie.

— Je ne donne pas bien cher des chances des tribus gauloises... Elles ne savent pas ce qui les attend ! Les troupes de Titus Labienus, nos alliés romains, vont conquérir Lutèce ce matin. Au plus tard cet après-midi si les premières prises ne sont pas bonnes...

Nous contournons quelques machines de guerre, avant de traverser une pelouse spongieuse limitée par l'ouverture béante d'un hangar. Les lettres peintes en gris sur le fronton sont comme absorbées par la teinte que prend le béton humide : *Babelsberg. Studios nos 2 et 3.*

Dès que nous pénétrons sous la voûte, le couple qui nous a sélectionnés à Cologne nous prend en charge. Ils semblent soudain s'apercevoir que nous comprenons l'allemand, que nous le parlons. La femme au visage blafard nous entraîne vers une sorte de salon posé au milieu de nulle part. Elle s'assied sur l'accoudoir d'un fauteuil, croise haut les jambes dans un frôlement de soie. Elle tend son index vers moi, puis vers mon camarade.

— Toi, c'est Ulrich, et lui c'est Friedrich... C'est bien ça ?

Nous approuvons d'un mouvement de tête.

— Je vais vous expliquer ce qu'on attend de vous. Ce n'est pas compliqué, il vous suffit d'être naturels. C'est ce qu'on recherche, le naturel. Vous savez, bien sûr, qui est Eduard von Borsody ?

Je suis prêt à avouer mon ignorance, mais je m'aperçois que les connaissances cinématographiques de Friedrich ne se bornent pas aux films comiques.

— Oui. Quand j'étais membre des Jeunesses hitlériennes, on nous a projeté plusieurs fois *Kautschuk*. Je me souviens du combat contre le serpent géant, dans le fleuve Amazone...

Elle rejette la tête en arrière pour laisser fuser un petit rire, puis allume une cigarette.

— Très bien. Eh bien, c'est ici que cette scène a été tournée... Mercredi prochain, Eduard von Borsody va débuter le tournage d'un nouveau film dans lequel il évoquera les pages glorieuses de la présence allemande en Afrique. Vous avez été choisis, avec une cinquantaine d'autres figurants africains, pour apporter votre concours à ce grand projet. La journée d'aujourd'hui et celle de demain vont être consacrées aux répétitions. Günter, que j'accompagnais à Cologne, est l'assistant du metteur en scène. Il vous dira exactement ce que vous aurez à faire. Ce matin, on va déjà régler tout ce qui concerne les costumes et le maquillage...

Nous passons les heures qui suivent entre les mains d'une armée de jeunes femmes qui nous enduisent de crème, nous poudrent, soulignent nos yeux de traits de crayon noir. D'autres nous font essayer des pagnes, des coiffes végétales, on dessine des tatouages sur nos bras... Dans le coin opposé de la pièce, des jeunes femmes subissent le même traitement, obligées de défiler la poitrine découverte. L'après-midi, après un rapide déjeuner servi dans le studio, l'homme au chapeau et à l'uniforme noir, que tout le monde appelle M. Fred, nous réunit pour nous résumer le scénario afin que nous comprenions bien dans quelle situation nous allons être amenés à intervenir.

— Écoutez-moi bien, parce que je n'ai pas pour habitude de me répéter. Le film dans lequel vous allez avoir l'honneur de figurer s'appelle *Kongo-Express.* L'histoire est inspirée d'un fait divers bien réel qui a été romancé par l'un des plus grands écrivains allemands, mon ami Ernst von Salomon. Deux trains lancés à pleine vitesse sur une voie unique ont failli se percuter de plein fouet. C'est grâce au sacrifice d'un aviateur allemand que des centaines de vies ont pu être sauvées. Toutes les scènes de brousse ainsi que toutes les scènes d'intérieur vont être tournées ici, à Babelsberg. Puis, à la fin du mois, une équipe réduite, dont certains d'entre vous feront partie, se déplacera à Hanovre pour toute la partie qui se déroule sur une voie de chemin de fer inutilisée qui a été mise à notre disposition.

Il sort un papier de sa poche, le déplie lentement.

— Chaque matin, je vous dirai ce que vous avez à faire. Mais il y a des règles de base qui doivent être scrupuleusement respectées. Vous ne devez porter sur vous que les vêtements remis par la production. Pas de lunettes, pas de montre au poignet, pas de chaussures, pas de médailles, de bracelet ou de bague. Pareil pour les cheveux, on ne touche à rien après le passage de la coiffeuse. Vous arrivez sur le plateau aussi nus que lors de votre premier jour sur terre. Compris ?

J'ai hurlé : « Oui », comme tous les autres.

— On ne vous demandera jamais de parler, la parole sera réservée à deux Nègres qui sont également comédiens professionnels. Si la scène exige que vous bavardiez, vous faite semblant, vous remuez les lèvres, s'il faut sourire, vous montrez vos dents, s'il faut avoir peur, vous écarquillez les yeux. Vous faites tout ça entre vous, sans jamais regarder la caméra, sinon il faut recommencer. C'est le spectateur qui est au spectacle, par définition, pas le figurant. Compris ?

J'ai encore crié : « Oui », mais bien moins fort. Le lendemain, la journée est entièrement consacrée à la répétition des premières scènes d'ensemble. Il n'est pas possible d'utiliser le véritable décor des cases, du quartier de la ville blanche, de la gare sur lesquels des dizaines d'accessoiristes, de peintres, de staffeurs procèdent à d'ultimes ajustements et retouches. Nous sommes rassemblés dans un entrepôt mal chauffé, battu par le vent. Les emplacements des bâtiments, des rails, des quais, des huttes, sont tracés à la craie sur le sol. Pour ne pas fatiguer les costumes, nous portons tous nos vêtements de ville. M. Fred, juché sur un fauteuil à piston posé sur des roues de moto qui peut monter à deux mètres de hauteur, nous invective tout en nous observant au travers d'une sorte d'objectif d'appareil photo qu'il tient devant son œil droit. Pour la quatrième fois de la matinée, nous nous remettons en place pour la scène de la danse de bienvenue, celle où le village accueille un aviateur allemand qui vient, au mépris de sa vie, de poser son avion dans la savane. Friedrich se tient sur le côté, avec les musiciens qui nous impriment leur rythme en tapant sur des tamtams.

— Remuez-vous un peu plus ! Ce n'est pas un enterrement ! Ce n'est pas tous les jours qu'un avion atterrit dans un coin aussi reculé. Vous êtes joyeux, vous souriez, vous vous précipitez vers le héros ! Et toi, la fille qui pile le mil, si on t'a placée au premier plan, c'est qu'il y a une raison. Relève-toi un peu plus franchement, qu'on voit combien tu es belle !

L'après-midi, on efface les marques pour les remplacer par le tracé des rails du premier convoi, celui qui transporte des voyageurs. Tout autour, un assistant dessine les quais, les échoppes, le trottoir. Je me retrouve cette fois dans le rôle d'un tireur de charrette qui doit traverser la voie en courant alors que la locomotive arrive en gare, tandis que Friedrich cire les bottes d'un colon qui boit son café au buffet. Au cours des pauses, nous faisons connaissance avec Louis Brody, le grand acteur noir allemand que j'avais vu à Duisbourg dans *Le Démon blanc*, un film où il interprétait un personnage de groom d'un grand hôtel parisien. La salle éclatait de rire à chacune de ses apparitions, car Louis Brody utilisait le vocabulaire et l'accent d'un mauvais garçon du port de Hambourg pour renseigner ses clients snobs et fortunés. La décision n'était pas encore prise, mais Ernst von Salomon insistait pour qu'il incarne le grand féticheur dans une des séquences les plus importantes de *Kongo-Express*. Plus tard, je rencontre Heidi, la fille d'un militaire martiniquais dont la mère, me dit-elle, s'est réfugiée un temps dans la République indépendante du Goulot, à partir de 1919.

— Pourquoi vous n'y êtes pas restées ? À votre place, je ne serais pas revenu en Allemagne ? Tu serais libre aujourd'hui...

— Le problème, c'est qu'on n'a pas bougé. Le territoire libre du Goulot se trouvait en Allemagne.

— Il était indépendant ou en Allemagne ?

— Les deux... Quand les Français, les Anglais, les Belges ont tracé leurs zones d'occupation, ils ne se sont pas aperçus que les frontières ne coïncidaient pas exactement. Ils ont laissé en Rhénanie, entre Mayence et Coblence, un petit corridor de quelques dizaines de kilomètres qui n'était plus sous l'autorité de personne. Le maire de Lorch, la ville principale de ce territoire, a décidé d'en faire une République autonome avec sa monnaie, ses passeports, ses lois... C'est là que je suis née. J'avais quatre ans quand l'aventure s'est terminée... Les vainqueurs sont repartis, et l'Allemagne a repris le Goulot.

Le soir, nous ne retournons pas dans le pavillon. Des autocars nous transportent tous vers des baraquements alignés le long de la rivière. C'est là que sont logées, pendant les tournages, les armées de figurants. Les hommes à droite, les femmes à gauche. Friedrich a conquis de haute lutte deux lits superposés, au plus près du gros poêle qui doit chauffer toute la pièce. Le lever a lieu aux aurores. Il faut faire la queue pour obtenir une boisson chaude, recevoir son accoutrement de sauvage, puis la bonne teinte de poudre sur le museau. Nous découvrons enfin les décors qu'éclairent des dizaines de projecteurs sur pied, d'autres sont accrochés près du plafond sur des poutrelles métalliques. Des toiles peintes en trompe l'œil prolongent les perspectives donnant au studio la dimension d'un vrai paysage africain. Des cris fusent quand nous passons près d'un marigot où un technicien équipé de cuissardes règle l'ouverture mécanique de la gueule d'un crocodile plus vrai que nature. Sous la férule de M. Fred, des chefs d'équipe nous disposent selon les directives du metteur en scène, Eduard von Borsody, un petit homme en costume croisé, affublé d'un monocle qu'il ne cesse de faire chuter et qui rebondit devant son torse, comme un Yo-Yo, au bout de sa chaînette argentée. Nous commençons par la scène de la gare. Une énorme locomotive manœuvre sur une centaine de mètres de rails, au milieu du marché, tandis que des ventilateurs dispersent la vapeur grise qu'elle crache à jet continu. Je m'attelle à ma carriole, passe et repasse devant le chasse-corps qui précède le monstre haletant, jusqu'à ce que le réalisateur se déclare satisfait du plan. On nous annonce alors que la prochaine prise, celle de l'arrivée de l'aviateur dans le village en fête, aura un peu de retard. L'acteur René Deltgen est en effet retenu à Berlin pour les besoins d'une réception officielle. Je décide de me mettre à l'écart derrière l'une des toiles peintes. Elle représente un troupeau de buffles qui marchent au milieu d'un alignement de baobabs. Je m'allonge en prenant soin de ne pas abîmer mon pagne en raphia, et me laisse envahir par une douce somnolence. Je me rends vaguement compte que l'on installe des chaises de l'autre côté du panneau décoratif. Des voix s'élèvent. Je reconnais celle du metteur en scène.

— Après ce film, je ne sais pas trop ce que je vais faire... J'ai lu le scénario de *Femmes pour Golden Hill*... C'est assez lamentable. Treize chercheurs d'or célibataires qui passent une petite annonce, et un convoi de femmes qui s'organise pour venir à leur rencontre à travers le désert australien ! Je l'ai refusé. Aux dernières nouvelles, Erich Waschneck serait prêt à signer... Grand bien lui fasse ! Je me demandais, cher Ernst, si vous n'auriez pas une idée qui pourrait de nouveau nous rassembler...

Von Salomon ne répond pas immédiatement. Il se contente d'émettre un petit rire aigrelet. D'après ce que j'ai entendu, il a fait plusieurs années de prison, au milieu des années vingt, pour sa participation au complot contre le ministre des Affaires étrangères juif, Walther Rathenau, et à son assassinat.

— Il me reste encore quelques scènes additionnelles à écrire pour votre *Kongo-Express*...

— Allons, cher ami... C'est l'affaire de quelques heures... Vous avez bien quelques pistes... À la vôtre.

Des verres s'entrechoquent.

— Santé ! Oui, bien sûr, mais les idées, c'est comme les femmes, il faut en explorer cent pour en fréquenter une ! Pour être franc avec vous, un sujet me préoccupe bien que je ne sache par quel bout le prendre...

— Je vous écoute...

— Je suis tombé incidemment sur un rapport, je ne dirais pas « secret » mais plutôt « discret », de la Gestapo de Munich qui étudiait la vitesse de propagation d'une rumeur sur l'ensemble du territoire. Des agents du service ont été chargés de diffuser une fausse information dans des lieux stratégiques de la ville, comme des restaurants à la mode, les fumoirs des salles de spectacle... Une semaine plus tard, la rumeur s'était installée à Berlin, dans l'entourage immédiat du Führer, en quinze jours elle avait gagné Nuremberg et, moins de deux mois après, elle circulait dans le plus petit bourg du Thuringe ! En lisant ce rapport, je me suis même rendu compte que l'une de ces rumeurs était parvenue jusqu'à moi et que j'y avais cru au point de la colporter à mon tour...

— Il y en a tellement... C'était laquelle ?

Ernst von Salomon baisse d'un ton.

— Le divorce de notre ministre de l'Éducation du peuple, Joseph Goebbels...

— Oui, bien sûr ! On évoquait aussi son remariage avec l'actrice Lída Baarová ! J'étais au courant. L'information est arrivée jusqu'à Babelsberg pendant le tournage de *Kautschuk*... Et ça venait de la Gestapo ? Incroyable ! Le sujet est vraiment intéressant, mais assez délicat... Il faudrait trouver un biais...

Ils sont alors interrompus par l'arrivée de l'acteur principal qu'une voiture de la production, spécialement équipée, est allée chercher à Berlin. Il a ainsi pu se faire maquiller en route, et même revêtir sa combinaison d'aviateur. Je me transforme en jeune guerrier au visage strié de peintures rituelles qui pousse des cris de joie sur le passage du héros, tandis que des jeunes filles dénudées exécutent les pas d'une danse tribale inventée la veille par un chorégraphe berlinois. En fin de journée, M. Fred m'avertit que je fais partie du groupe de figurants requis pour le tournage en extérieur, dans les environs de Hanovre. Le départ est prévu pour cinq heures du matin. Harassé, je n'ai pas le courage d'aller faire la queue à la baraque-restaurant pour le repas du soir. Friedrich me ramène un casse-croûte au fromage. Ce n'est pas ce que je préfère, mais je me force à en avaler une moitié, pour ne pas le vexer.

Le lendemain, après trois heures de route dans un autocar au chauffage défectueux, nous nous retrouvons au milieu de nulle part, une campagne battue par le vent, à trois kilomètres de la bourgade de Celle. Les chemins de fer du Reich ont mis un kilomètre de voies, une locomotive ainsi que dix wagons de voyageurs à la disposition de la production. Le metteur en scène n'a pas jugé utile d'être présent. Il s'agit simplement de filmer des passages de trains depuis le ballast afin de disposer de multiples plans de coupe au moment du montage ; un assistant suffit pour cette tâche. Heidi, la jeune Martiniquaise originaire du Goulot, est également du voyage. Lors des prises, elle s'arrange toujours pour se trouver près de moi, dans le même compartiment. Je sens son regard qui pèse sur ma nuque, mais je ne parviens pas à détacher le mien de celui, plus lointain, de Déborah.

CHAPITRE 8

Recommandé à la jeunesse

Cet après-midi, après plus d'un mois de tournage, Eduard von Borsody met en boîte les deux scènes finales de son film. Je n'ai pas grand-chose à faire, simplement à déambuler le long d'une avenue plantée de palmiers alors que la voiture décapotable de l'aviateur file vers la gare. Je me contente de la suivre du regard. Ensuite, un chapeau de paille sur la tête, j'arrose le gazon d'un rond-point au jet, en sifflotant. Dès que le metteur en scène hurle pour la dernière fois : « Coupez ! », toute l'équipe se met à applaudir en poussant des cris de joie. Pendant que les techniciens rangent le matériel, enroulent les câbles, éteignent les projecteurs, d'autres dressent des tables qui se chargent de charcuterie, de gâteaux, de bouteilles de champagne, de bière et de vin blanc. La sonorisation emplit l'espace des airs à la mode de Marika Rökk et de Zarah Leander, l'héroïne de *La Habanera*.

Le vent m'a dit une chanson
Qui tendrement berça mon cœur
Il a glissé comme un frisson...

M. Fred nous fait comprendre que si la fête ne nous concernait pas, la production ne nous a pas oubliés pour autant. On nous dirige vers un autre studio où, à l'appel de notre nom, des employés assis derrière un bureau nous remettent, contre signature, une enveloppe contenant un bulletin de paie et le salaire correspondants à cinq semaines de travail. La comptabilité a soustrait le prix du loyer, les repas. Une affiche punaisée au mur dresse la liste des travailleurs étrangers du cinéma, par ethnie, selon l'ordonnance sur les quotas. Chaque « variété » est suivie d'un chiffre, « Canaques, Mongols, Malais, Nègres, Mulâtres, Malgaches, Martiniquais... ». Je m'assois dans un coin tranquille pour recompter mes trente-deux marks, me demandant de quelle manière j'allais pouvoir les faire parvenir rue Zwingli, à Duisbourg. Friedrich me rejoint. Il en a touché dix de plus grâce à sa participation musicale aux scènes de la fête et du grand féticheur.

Le repos est de courte durée. Dès le lundi matin, je dois me rendre au vestiaire des studios pour essayer le costume de mon nouveau rôle. Une couturière prend rapidement mes mesures et empile les éléments de ma tenue sur son guichet. Paletot couleur moutarde, musette de toile, brodequins, chéchia cramoisie à gland bleu ciel, pantalon-culotte de teinte kaki, ceinture de laine écarlate...

— Vérifie si ça te va, après il sera trop tard.

J'enlève mes habits d'hiver, sous son regard, pour

passer ceux qu'elle vient de me choisir. Quand je lève les yeux sur mon reflet, dans la glace, j'ai l'impression d'être devant la photo d'Amadou Diallo, mon père, celle que maman avait sortie de sa boîte à couture, la nuit de l'accident aux aciéries Phönix.

Cette fois, pas de grands décors, de machineries ni de mouvements de foule. Les effectifs du film se limitent à huit personnes, un couple de voyageurs allemands et six tirailleurs sénégalais. Le lieu du tournage est unique : un immense cyclo avec une forêt peinte en trompe l'œil, et devant quelques rangées de pins, de la terre grasse, un chemin creusé d'ornières, un talus. L'histoire est d'une totale simplicité : juste après la fin de la Grande Guerre, une voiture conduite par un couple heureux s'embourbe au cœur du massif forestier. Surgissent alors des soldats noirs de l'armée d'occupation. Le conducteur leur demande de l'aider à sortir de ce mauvais pas. La jeune femme descend afin que le véhicule soit plus facile à pousser. Quatre tirailleurs s'arc-boutent derrière la carrosserie, tandis que les deux autres en profitent pour importuner la jeune femme, lui soulever les jupes. Le mari proteste, tente de s'extirper de la voiture. Il veut intervenir, mais les coups pleuvent sur lui. Il s'affaisse sur le klaxon dont l'appel retentit dans le vide avant de s'éteindre. Un dernier plan fixe sur le rétroviseur montre les six soldats qui s'éloignent en emmenant la jeune femme dans les profondeurs des bois. On nous libère en milieu d'après-midi. Friedrich ne faisait pas partie de la distribution, et, quand il me demande de lui raconter ma journée aux studios, je reste évasif.

— On n'a tourné que des bouts d'essai. Ils ne savent pas trop ce qu'ils veulent faire... Et toi ?

— Je te fausse compagnie dès ce soir... Je reprends la route.

Il esquisse un pas de claquettes sur les lattes du baraquement.

— Tu pars ! Pour aller où ? Tu retournes à Düsseldorf ?

Une ombre vient assombrir son sourire.

— Non, pas encore... Mon numéro de danse a été remarqué. Grâce à M. Fred, j'ai décroché un engagement de trois mois dans un cabaret du Kurfürstendamm, à deux pas du Café am Zoo... Tu te rends compte ? C'est comme si je parlais des Champs-Élysées, de la Cinquième Avenue ! Je commence la semaine prochaine, mais le patron veut que je sois sur place dès aujourd'hui, pour les répétitions. Ça me ferait plaisir que tu m'accompagnes. Il suffit que tu demandes la permission. Une voiture te ramènera...

Nous rejoignons Berlin par la ligne régulière d'autocars. Je ne prête guère d'attention à la suite de quartiers aux maisons basses, aux avenues flanquées d'immeubles collectifs, ne collant mon nez à la vitre qu'à l'approche de l'avenue Unter den Linden que bordent des rangées d'arbres centenaires plantés devant les façades imposantes des musées. J'ouvre grands les yeux pour emmagasiner la lueur des néons du Potsdamer Platz, les jeux de lumière sur la coupole de l'hôtel Kempinski, les enseignes clignotantes des brasseries. Nous nous engageons enfin dans le Kurfürstendamm à l'entrée duquel brillent les mille feux du cinéma Universum dont le fronton en forme de rotonde annonce le film du jour, *Pour le mérite* de Karl Ritter avec une distribution exceptionnelle de « 102 acteurs de premier plan ». Un bandeau précise : « Recommandé à la jeunesse par le ministère de l'Éducation du Reich. »

Friedrich m'arrache à ma rêverie.

— On est arrivés. Qu'est-ce que tu fabriques ? Viens.

Un portier en grand habit rouge rehaussé de brandebourgs hésite en nous voyant approcher, puis devant notre air décidé il pousse la porte à tambour dans laquelle nous nous engouffrons. Bien qu'une grande partie de la clientèle soit encore devant les écrans géants des cinémas ou dans les salles de théâtre, la salle est déjà presque pleine. On s'interpelle, on s'embrasse, on s'envoie des signes de reconnaissance. Des centaines de conversations s'élèvent dans un air saturé par la fumée sinueuse des cigarettes. Les maîtres d'hôtel guident les couples vers les tables encore libres, leur présentent la carte, les serveurs en longs tabliers rayés slaloment, ondulent dans la foule, portant leur plateau chargé de plats fumants à bout de bras. Sur scène, un illusionniste métamorphose des cartes à jouer en tourterelles dont il garnit tout un perchoir. Quand il tire un as, c'est une colombe qui sort de sa manche. Le numéro ne passionne guère la foule, et, quand il part avec sa volière, il doit se contenter de maigres applaudissements. Une contorsionniste vêtue d'un justaucorps couleur chair le remplace. Elle pose ses mains à terre, dresse ses talons vers le plafond, puis les incline lentement pour encadrer sa tête avec ses cuisses avant de sautiller sur ses paumes sur une dizaine de mètres. Friedrich se plante devant un employé qui surveille la porte donnant accès aux coulisses et aux loges. Il lui montre une lettre dont la lecture libère immédiatement l'entrée. Nous croisons des dizaines de danseuses en tenue légère, des acrobates, des trapézistes, un lanceur de couteaux, un dresseur d'otaries qui se promène avec un seau rempli de sardines. Ils attendent tous l'ordre du meneur de revue pour gravir les quelques marches qui mènent à la scène et se retrouver face au public, avec la même rage, la même angoisse que ces fantassins montant au front un jour de grande offensive.

Les membres du grand orchestre qui assure la seconde partie de la soirée arrivent les uns après les autres. Ils accordent leurs instruments tout en prenant des nouvelles de la famille, des enfants, en se tenant au courant de ce qui se passe au Casino-Scala, au Patria, au Mercedes Palast, les autres boîtes du secteur. Un seul Noir parmi eux, un batteur répondant au nom de Wilhelm Panzer dont le père est venu de Somalie, au début du siècle, pour jouer du banjo dans des opérettes, et qui s'est marié à une concertiste allemande. Quand vient leur tour de s'installer sur le plateau, nous nous faufilons dans la salle alors que les convives, parmi lesquels plusieurs miliciens en tenue, quittent leurs tables puis envahissent la piste de danse. Pour la première fois je trempe mes lèvres dans une coupe de champagne offerte par l'un des musiciens qui fête son anniversaire. Après avoir promis à Friedrich que je me débrouillerai pour venir le voir sur scène, je rentre dans la nuit, à l'arrière d'une berline, en compagnie de trois machinistes qui serrent de près deux assistantes à la décoration. Ils préparent le tournage d'un autre film destiné à mettre en valeur les bienfaits de la colonisation allemande, sous les Tropiques. D'après ce que je saisis de leur conversation, Ernst von Salomon a pratiquement terminé l'écriture du scénario. C'est un certain Herbert Selpin, le réalisateur des *Cavaliers d'Afrique orientale*, qui devrait signer la mise en scène. Celui qui se tient juste devant moi a l'air d'être dans la confidence.

— J'ai lu le synopsis. Toute la dernière partie se déroule pendant une séance du Reichstag, et comme l'original du bâtiment a brûlé à cause des communistes, on va devoir reconstituer l'intérieur de la Chambre des députés dans les studios... Il va y avoir du boulot...

Le chauffeur tourne la tête vers lui.

— Et pour tout ce qui est africain, on fait quoi ? On réutilise les décors de *Kautschuk* ou ceux de *Kongo-Express* ?

— Une partie seulement. D'après M. Fred, Ernst von Salomon n'est pas très satisfait des scènes censées se passer dans la savane ou dans la jungle... Pas assez couleur locale à son goût. Il veut de vrais ciels africains. Il insiste pour que, cette fois, la production envoie une équipe sur place. C'est en discussion...

— Si ça se fait, je suis volontaire pour aller voir les Négresses d'un peu plus près !

Pelotonné dans mon coin, je fais semblant de dormir jusqu'à ce que la voiture passe la porte d'entrée de l'usine à films de Babelsberg. Je m'éloigne seul dans la nuit vers les baraquements des figurants, en lisière de la forêt, tandis que le reste de la troupe prend la direction des pavillons alignés au bord de la route. Je m'endors, profondément cette fois, en comptant les milliers de lumières croisées à Berlin, et avec les bulles de champagne dont le souvenir éclate sur ma langue.

Au cours des quinze jours qui suivent cette escapade, je ne fais pratiquement rien, à part deux rapides tournages pour des publicités. Le mardi, on me fait grimper sur un éléphant prêté par le cirque Hagenbeck pour une marque de chocolat en poudre. Le lendemain, accroché à une liane, je traverse le studio dans les airs, déguisé en Tarzan, pour vanter la douceur d'un savon fabriqué à base d'huile de palme. Chaque semaine, je continue à écrire une lettre à maman, une autre à la famille Baschinger, sans jamais recevoir de réponse bien que je prenne soin de noter mon adresse au dos, sur le rabat. Au printemps, j'enfile une livrée de valet surmontée d'une perruque blanche bouclée, pour les besoins d'un film historique dont l'action se passe à la cour de Wilhelm I. Cela me permet de découvrir l'intérieur du château de Sanssouci, à quelques kilomètres seulement de Babelsberg, où le metteur en scène installe ses caméras. La conversation de fin d'hiver dans la voiture du retour de Berlin m'est complètement sortie de l'esprit quand, au début du mois de mai, M. Fred me convoque dans son bureau. Il porte l'un de ses éternels costumes civils taillés à la manière des uniformes SS qui allongent la silhouette, semblent élargir les épaules grâce à la découpe des revers de veste. Derrière lui, les murs sont constellés de photos dédicacées par les plus grands artistes, Emil Jannings, Peter Voss, Mila Kopp, Carola Höhn, Leni Riefenstahl... Il me désigne une chaise.

— Assieds-toi... Si je t'ai fait venir, c'est que tu peux certainement nous être utile. Alors, ça te plaît, le cinéma ?

— Oui, j'aime bien...

Il s'installe dans son fauteuil en prenant soin de ne pas froisser ses vêtements.

— À la bonne heure ! Nous allons bientôt mettre en production un nouveau film. Premier tour de manivelle dans un mois. Un projet aussi considérable qu'ambitieux sur Carl Peters, le découvreur du Tanganyika. Tu le connais ?

— Oui, monsieur. On l'a appris au lycée, à Duisbourg...

— Dans son scénario, Ernst von Salomon a réservé un rôle assez important au jeune boy qui accompagne Carl Peters dans sa conquête de la Tanzanie, de l'Ouganda, puis quand il se lance dans la prospection de l'or du Zambèze... Hier, j'ai visionné toutes les séquences dans lesquelles tu joues, y compris les dernières publicités... Contrairement à beaucoup d'autres, tu n'as pas peur de la caméra, on surprend même une certaine complicité... Je pense que tu pourrais faire l'affaire. Il y aura quelques répliques à apprendre par cœur, mais ce n'est pas sorcier. Qu'est-ce que tu en dis ? Tu t'en sens capable ?

Avant de répondre, je me passe la main sur le visage.

— Je ne sais pas, mais je veux bien essayer...

M. Fred fouille dans la masse de papiers entassés sur le plateau de son bureau, finit par tirer deux feuillets réunis par un trombone. Il les glisse dans une chemise, me la tend, se ravise, suspend son geste.

— J'allais oublier le plus important. La majeure partie du film sera tournée ici, à Babelsberg, mais nous aurons aussi besoin de deux semaines en extérieur, dans un pays africain qui n'est pas encore choisi avec certitude. Tu seras du voyage. Voilà le résumé, pour que tu te mettes dans l'ambiance...

CHAPITRE 9

Un doigt sur la carte

J'ai besoin de rester seul pour comprendre ce qui m'arrive, pour me persuader que je ne rêve pas, que bientôt je me mettrai en route vers le continent de mon père. Je demande la permission de sortir du périmètre cinématographique. En suivant la route sur un bon kilomètre, on tombe sur une auberge dont les clients ne font pas trop la tête quand ils voient entrer des « figurants ». Je commande un chocolat chaud, et ne peux m'empêcher de rire lorsque la serveuse dépose sur la table un bol aux flancs décorés de la marque pour laquelle je chevauchais un éléphant. Elle s'éloigne en haussant les épaules. J'ouvre la chemise pour lire les documents à l'en-tête de « Neue-Babelsberg » remis par M. Fred.

« Titre : *Carl Peters.* Réalisateur : *Herbert Selpin.* Scénario : *Ernst von Salomon assisté de Walter Zerlett-Olfenius.* Interprètes principaux : *Hans Albers (Carl Peters), Karl Dannemann, Fritz Odemar.* Musique : *Franz Doelle.* Production : *Bavaria.*

Synopsis : *Berlin, 1885. Carl Peters, fondateur de l'Association coloniale, prononce un discours enflammé en faveur de la création de colonies allemandes en Afrique. (Je voudrais ouvrir le monde aux Allemands...). Un espion anglais note ce qu'il dit sur sa manchette. Carl Peters, sans le soutien du gouvernement, part pour Zanzibar. Il gagne la confiance de nombreuses tribus en les libérant des esclavagistes anglais. Par reconnaissance, un chef lui donne son plus jeune fils comme serviteur. À son retour au pays, il est reçu par le Kaiser qui lui dit sa gratitude et lui fixe de nouveaux objectifs. Mais les Anglais, aidés par les juifs d'Allemagne, fomentent un complot et font assassiner le meilleur ami de Carl Peters. Ce dernier fait pendre les assassins sans autre forme de procès. Carl Peters, victime d'une campagne de presse, rentre une nouvelle fois à Berlin en 1897. Il doit répondre aux accusations devant les députés rassemblés au Reichstag. Assaillis par les traîtres, il ne peut que dire pour sa défense : "Je n'ai de comptes à rendre qu'à moi-même et à ma patrie !" Il abandonne toutes ses charges. Seul l'accompagne son jeune serviteur. Carl Peters tombe dans les bras de sa mère. (Carl, mon petit Carl.) À l'arrière-plan, on voit briller la colonne de la Victoire. Son époque ne lui a pas rendu justice, mais bientôt une autre Allemagne se lèvera qui en fera son héros. Cette heure est arrivée.* »

De retour dans la cité du cinéma, je pousse la porte du service de documentation que fréquentent surtout les décorateurs, les costumières et les scénaristes. J'ouvre un grand atlas dans lequel je finis par trouver une carte du continent africain. Mon doigt suit les tracés des frontières. Les noms défilent sous mes yeux : Kampala, Nairobi, Bujumbura, Stanleyville, Tabora, Mulumbé... Je m'arrête sur le bleu du lac Tanganyika, l'un des territoires conquis par Carl Peters. Je remonte lentement en direction du Soudan français, traversant des jungles peuplées d'animaux fabuleux, des déserts sans horizon, des savanes infestées de serpents, gravissant des sommets coiffés de neiges éternelles, franchissant des fleuves aux flots impétueux. J'arrive enfin au terme de mon voyage quand s'ouvrent devant moi les portes de la ville de Mopti dans les environs de laquelle se cache Sinéré, l'endroit d'où viennent les Diallo. Sinéré, absente de l'atlas, trop secrète pour figurer sur les cartes... Quand je suis bien certain que personne ne m'observe, je déchire la page en accompagnant le bruit du papier arraché par un éternuement simulé.

Le rythme du cinéma consiste en une alternance de périodes d'exaltation et de découragement où tout semble devenir infaisable, où les projets les plus aboutis sont à deux doigts d'être abandonnés. On passe à autre chose. Puis, soudain, sans que l'on en sache vraiment la raison, la machine se remet en marche, accélère au risque de devenir folle. Le rêve reçoit l'ordre de rejoindre le domaine du possible. Ainsi, pendant quinze jours, je n'ai plus entendu prononcer le nom de Carl Peters, alors qu'au matin du seizième il n'est plus question que de lui. J'ai à peine le temps d'avaler le petit déjeuner qu'il faut que je me présente dans une des annexes des studios où m'attend un répétiteur. Sur un exemplaire du scénario, il a souligné en rouge toutes les répliques que je dois apprendre, et je m'aperçois que mon rôle est plus important que ce que la rencontre avec M. Fred me laissait penser. Le dialoguiste a visiblement recherché un effet comique en plaçant dans la bouche d'un adolescent des sentences, sous forme de proverbes, qu'on attendrait davantage d'un adulte, voire d'un sage. Ainsi, quand Carl Peters entre dans une rage folle en se voyant imposer un chef ambitieux, je trouve le moyen de lui dire : « Plus le singe grimpe haut, plus il montre son derrière. » De la même manière, devant le spectacle de fonctionnaires dilapidant l'argent de l'Empire, je fais cette remarque : « L'oiseau qui chante oublie de faire son nid »... Mon professeur en diction m'assure que le texte importe peu, que l'essentiel est d'y mettre le ton, ce qui s'avère assez difficile lorsque vous devez lancer, avec le plus grand sérieux, une phrase comme : « Tout a une fin, sauf la banane qui en a deux. »

Le tournage démarre par la scène finale, celle du discours à la Chambre des députés, dans laquelle je ne fais qu'une apparition muette, quand Carl Peters, brisé, descend les marches monumentales au bas desquelles l'attend sa mère, toute vêtue de noir. Dehors, des jardiniers plantent deux rangées de palmiers devant les arbres de la forêt de Potsdam, pour créer l'illusion d'un paysage africain, des décorateurs mettent la dernière touche de couleur à un immense

Kilimandjaro peint sur une toile de fond d'écran. Au début du mois d'août 1939, les séquences prévues à Babelsberg sont pratiquement toutes mises en boîte. Je participe à la toute dernière, l'attaque d'un poste allemand par une tribu révoltée au cours de laquelle je dois placer : « Une pirogue n'est jamais trop grande pour chavirer », quand M. Fred, sanglé dans un costume croisé, le regard assombri par le large bord de son chapeau, pénètre sur le plateau. Il attend la fin de la prise pour se saisir du porte-voix réservé au metteur en scène et annoncer à l'équipe réunie au grand complet :

— Nous venons de recevoir de très bonnes nouvelles de nos amis portugais. Grâce aux relations étroites entretenues par notre Führer avec le président Salazar, nous allons pouvoir terminer cet immense film que promet d'être *Carl Peters* dans les décors naturels qu'il mérite, les paysages équatoriens de la Guinée-Bissau...

Tandis que tout le monde applaudit, je ferme les yeux pour me concentrer sur mes souvenirs de la carte de l'Afrique... Je vois la grande Guinée, le Liberia, la Sierra Leone... Avant de remonter vers le Sénégal, j'aperçois enfin la petite enclave qui porte le nom de Guinée-Bissau avec ses estuaires, ses rivages parsemés d'une multitude d'îles. Après l'allocution de M. Fred, on me confirme que je fais partie de l'expédition dont la date de départ a été fixée au lundi de la semaine suivante. Je suis bientôt le seul métis inscrit sur la liste. Heidi, la jeune Martiniquaise, devait également se joindre à nous, mais, la veille de l'embarquement, elle fait une réaction violente aux vaccins que nous administre le médecin employé par les productions Bavaria. Des plaques violacées sur la peau, une forte fièvre... Ses quelques répliques sont rayées du scénario. Je vais l'embrasser avant de quitter Babelsberg. Elle se serre contre moi, et, pour arrêter ses larmes, je lui promets de lui faire parvenir, chaque semaine, une lettre du bout du monde. Un convoi d'une dizaine de voitures nous amène jusqu'à l'entrée de l'aéroport de Tempelhof, encadrée par deux aigles majestueux. Puis, en tirant les valises de matériel, il nous faut traverser le hall gigantesque percé d'une infinité de fenêtres, pour accéder à la passerelle du Junkers dont les trois hélices tournent au ralenti. On m'installe au fond de la carlingue, assis sur une valise, tandis que les techniciens avec qui je voyage se partagent les sièges disposés le long des hublots. Quand l'avion prend son envol, je réussis à me tenir debout le long de la cloison métallique. Berlin, sous nos pieds, prend peu à peu la forme d'une page d'atlas. Nous tournerons bien d'autres pages tout au long de la journée, après une escale à Milan, une deuxième dans une Barcelone encore marquée par les combats récents, la dernière en Europe est pour Lisbonne, où nous passons la nuit. Je suis incapable de dormir, excité à l'idée de passer en Afrique, par les airs. La fatigue me prend en traître deux heures après le décollage alors que nous longeons les côtes du Río de Oro. Je me réveille en sursaut au moment où le train d'atterrissage entre en contact avec la piste approximative de l'aéroport de Bissau. Nous sortons de l'habitacle sous des trombes d'eau tiède, enveloppés par la vapeur suffocante qui monte des plaques de goudron surchauffé. Des soldats portugais en armes nous escortent jusqu'aux deux camions bâchés garés devant les bâtiments. Le temps que les porteurs transfèrent notre matériel, nous partons en évitant la ville dont je ne distingue, au loin, que quelques lumières tremblantes derrière le rideau de pluie. Je me gorge des images qui défilent, les arbres au feuillage serré, les lianes, les fougères arborescentes, les oiseaux multicolores qui s'envolent à notre passage, je remplis mes poumons des odeurs de terre mouillée, d'humus, du parfum des frangipaniers. Je m'en imprègne, comme si je renaissais à la vie. Nous contournons des rizières, des champs d'anacardiers, des plantations de palmiers alourdis par des grappes de noix de coco, puis la forêt profonde se resserre autour de nous, comme une nuit végétale.

Nous arrivons au terme de notre voyage en fin d'après-midi, à quelques centaines de mètres de l'estuaire qui mène à l'océan. Le nom de la ville, Cacheu, est inscrit dans une mosaïque de tuiles blanches et noires sur le toit d'un bâtiment officiel. À droite, du haut des murailles d'une forteresse, des canons d'un autre temps braquent leur œil mortel sur l'horizon. Le long d'une enfilade de façades coloniales, des pêcheurs vendent leur poisson qu'ils arrosent avec de l'eau de mer prélevée dans un tonneau. Derrière eux, dans le port, la marée bouscule les bateaux dont les mâts oscillent comme des toupies. Au large, le drapeau à croix gammée flotte sur un navire militaire au mouillage. Dès que nous posons le pied à terre, des dizaines d'enfants en haillons se précipitent vers nous en criant. Des policiers sortis d'on ne sait où les repoussent sans ménagement. Ils se dispersent sous les coups de bâton. Herbert Selpin, le metteur en scène, et son équipe rapprochée prennent possession des chambres du seul hôtel de Cacheu. Je me retrouve sous une toile dans un village de tentes dressé au pied du phare. La tombée de la nuit n'amène pas de chute de la température, comme en Europe. La chaleur du soleil laisse simplement place à la moiteur. Dans les jardins, là-bas, le gouverneur donne une réception en l'honneur de l'acteur Hans Albers auquel, demain, je dois donner une réplique du genre : « Celui qui rame à contre-courant fait rire les crocodiles »... Le sommeil me prend alors que j'observe les reflets intermittents de la lanterne sur les flots qu'aucune terre ne sépare plus des Amériques.

Le lieu principal choisi pour les prises de vues est situé à moins de deux kilomètres de la ville. Une forêt inextricable jouxte une sorte de retenue d'eau de mer aux rives boueuses dont la marée fait monter et descendre le niveau. Un village de cases est établi le long de la rivière qui va se jeter dans l'océan, avec ses barques qui attendent le reflux pour partir à la pêche. Ce que personne n'avait prévu, c'est la conséquence des nuées de sauterelles qui, des mois plus tôt, ont ravagé les régions proches du sud du Sénégal. On dit que les paysans wolof n'ont pas semé parce qu'ils ont mangé la majeure partie des semences d'arachide. L'administration française n'en exige pas moins le paiement des impôts. De leur côté, les Peuls ont vendu leurs têtes de bétail, mais cela n'a pas suffi à couvrir leurs dettes envers l'État. Jean Suret, un voyageur suisse installé à l'hôtel, raconte que les hommes de main des chefs de canton, qu'il appelle les Batoulabé, vivent sur le dos des tribus. Ils confisquent puis revendent à des comparses tout ce qu'ils saisissent, les meubles, les vêtements, la vaisselle et même de vieux Coran. Dans les cas les plus désespérés, des familles auraient mis leurs enfants en gage. Cette misère a poussé des milliers de Sénégalais vers des régions épargnées par le fléau, la Sierra Leone, la Guinée portugaise... La nouvelle qu'on embauche ici des figurants, pour les besoins d'un film allemand, s'est répandue comme une traînée de poudre à des dizaines de kilomètres à la ronde. On afflue vers Cacheu de toutes les terres de refuge. Des colonnes interminables de pauvres gens, femmes, enfants et vieillards précédés par des hommes aux regard et ventre vides. Les dix policiers qui ont montré leur efficacité contre les hordes d'enfants sont vite pris de court. L'émeute gronde. Pour éviter tout débor-dement, la somme destinée à l'embauche de dix mille silhouettes africaines pour la grande scène de la révolte est sensiblement augmentée, et elle est répartie entre trois fois plus de personnes. Chaque jour apporte son lot de déconvenues. Un matin, une voiture verse dans une ornière, son chargement de bobines de pellicule vierge tombe à l'eau. Il faut en faire venir d'urgence depuis Berlin avant de pouvoir reprendre le tournage. La semaine suivante, une scolopendre tombe d'un arbre sur Hans Albers qui se tenait à l'ombre, entre deux prises, pour fumer une pipe. La brûlure le fait horriblement souffrir. Quand elle est désinfectée, que la douleur se calme un peu, la maquilleuse tente de dissimuler la marque violacée sous ses cosmétiques. Le résultat est désastreux. Le réalisateur calme son impatience en tournant des plans secondaires, le temps que l'empreinte faite par la bestiole s'atténue. Il y a trois jours, une rafale de vent a emporté une partie des installations où plusieurs dizaines de femmes manjaks faisaient la cuisine pour nourrir les milliers de réfugiés qui campent près du lac.

Le coup de grâce est porté le 1er septembre 1939, mais nous ne l'apprenons qu'avec deux jours de décalage. Herbert Selpin convoque la seule équipe allemande dans les salons de l'hôtel, après avoir pris soin d'éloigner tout le personnel guinéen. Il grimpe sur une table, vérifie une dernière fois que nous sommes entre nous, un entre-nous dont je fais soudain partie, et réclame le silence.

— Chers compatriotes... Le 1er septembre au matin, en réponse à une lâche agression, nos troupes ont pénétré en territoire polonais et avancent résolument vers Dantzig. Au moment où je vous parle, nos vaillants soldats, sous la direction de notre Führer Adolf Hitler, encerclent Varsovie qui devrait tomber entre nos mains d'une heure à l'autre...

D'un geste, il fait taire les applaudissements, les cris de joie.

— Je vous demande, à tous, de garder votre calme. Le pays ami qui nous accueille est entouré de possessions françaises ou anglaises dix fois plus étendues, dix fois plus peuplées, dix fois plus puissantes. Dans les circonstances actuelles, le moindre incident pourrait être exploité à notre désavantage. J'ai reçu l'ordre de Berlin d'avoir à organiser notre évacuation.

Hans Albers l'interrompt.

— Mais c'est impossible. Il nous reste une scène à tourner sans laquelle le film devient incompréhensible ! Celle où le chef des Sukuma me confie son fils, qui est joué par Ulrich, pour me remercier de l'avoir débarrassé du sorcier de la tribu adverse... Sinon, on se demande pourquoi ce petit négro me suit partout comme un caniche, jusqu'au Reichstag !

Les rires permettent d'évacuer un peu de la tension qui s'est emparée de l'assistance.

— Tu fais bien de me poser la question, cher Hans. Nous allons mettre en place cette scène, essentielle comme tu as raison de le rappeler. Nous la tournerons en tout début d'après-midi. Quand j'annoncerai que la prise est bonne, je donnerai rendez-vous à tout le monde pour demain matin. Vous faites comme si de rien n'était. Vous rangez le matériel, et vous rentrez tous ici, à l'hôtel. Tranquillement. Dans l'heure qui suivra, nous nous dirigerons vers le port où des chaloupes nous attendent pour nous conduire jusqu'au croiseur *Météor* qui mouille au large. Ensuite, c'est la situation militaire internationale qui décidera de notre point de chute. L'Espagne, le Portugal, si la voie est libre. Ou bien l'Italie si l'espace aérien français nous est interdit.

Je n'ai pas grand-chose à faire, pas un mot à prononcer. Ce n'est que plus tard que mon personnage est autorisé à parler. Le scénario précise que, lorsque Carl Peters vient d'abattre le sorcier d'un coup de pistolet, mon père m'extirpe de la grande case pour me pousser vers son nouvel allié. Le plan suivant, le dernier de notre aventure en Guinée-Bissau, je suis coincé entre Peters et son adjoint, à l'avant d'une voiture qui démarre dans un nuage de poussière au milieu des membres de ma tribu.

Les machinistes, les cadreurs font des miracles. En moins de deux heures, nous nous acquittons de la tâche. Je reste en pagne, le visage peint de couleurs guerrières, des bracelets de petits coquillages aux chevilles et aux poignets, pour démonter les projecteurs, enrouler les fils électriques.

Bientôt la masse compacte blanche formée par les habits des techniciens, des acteurs, de la garde rapprochée du metteur en scène, traverse la foule des figurants qui leur fait comme une haie hérissée d'armes de pacotille. Je marche pour les rejoindre, puis mon pas ralentit. Mon avenir n'est pas vers l'océan, mais à l'intérieur des terres. Je laisse la distance se creuser avec la moitié allemande de mon existence avant de bifurquer, de me fondre dans la moitié africaine.

CHAPITRE 10

Les fusillés de Dakar

Il y a maintenant deux heures que mes anciens compagnons ont disparu vers Cacheu. J'ai pu récupérer mes vêtements que j'ai enfilés après m'être baigné dans la rivière pour me débarrasser du maquillage. Dix billets de cinq marks, tout ce que je possède, sont cachés dans la doublure de mon pantalon, à hauteur de la ceinture. Plus une poignée d'escudos qui tintent dans ma poche. Les anciens figurants pour qui je suis un Allemand, malgré ma couleur de peau, me regardent de manière de plus en plus insistante. Quand, à la nuit tombée, la nouvelle de la fuite de l'équipe de cinéma se répand alors qu'au large le croiseur *Météor* appareille, je sens que l'intérêt que je suscite tourne à l'hostilité. Nous n'avons que de pauvres phrases en commun, celles qui nous ont servi à travailler ensemble, mais je serais totalement dépourvu s'il fallait leur expliquer d'où je viens : l'occupation de la Ruhr par les troupes coloniales françaises, la rafle des animaux, la confiscation des moules à gâteaux, les juifs consignés dans leurs maisons, l'hôpital protestant de Cologne, les coulées de fonte, la nuit, dans les hauts-fourneaux des aciéries Phönix, les fausses forêts africaines de Babelsberg... Je marche vers l'estuaire en évitant les regards, insensible aux cris qui me parviennent, aux mains qui se hasardent à me bousculer, aux pieds qui se tendent pour me faire trébucher. Il suffirait que je tombe, que je réponde, pour que c'en soit fini. J'atteins le ponton où se tient le passeur. Dès que je lui tends une pièce, c'est comme si j'étais sous sa protection. Je grimpe sur le bac qu'une longue corde relie à la berge opposée, m'installe entre une femme chargée de légumes et un homme qui, dans chaque main, tient une demi-douzaine de poules vivantes par les pattes. J'aide le passeur à tirer son assemblage de rondins tenus par des lianes au travers des eaux alourdies par la terre jaune. En sautant sur l'autre rive, je suis devenu un inconnu.

Il me faut près d'une semaine pour franchir les quelques dizaines de kilomètres qui me séparent de la ville de Ziguinchor, au Sénégal. Ce n'est pas que la frontière soit vraiment surveillée, mais les pluies incessantes qui s'abattent sur la région noient les routes, provoquent des glissements de terrain, mettent à nu les racines des arbres qui se couchent par dizaines dans des bruits de tonnerre. Je reste blotti pendant plusieurs jours d'affilée dans une case abandonnée par ses occupants, me nourrissant de noix de coco et d'arachides, de bananes. Un matin, la tempête reflue vers les côtes, poussée par un vent de terre. À midi, je me remets en marche, sous un ciel uniformément bleu. La chance me sourit au bout de trois heures harassantes à piétiner dans la boue. Je réussis tout d'abord à rejoindre la route de latérite qui a assez bien résisté aux éléments déchaînés. Quelques centaines de mètres plus loin, un paysan accepte, en échange de quelques pièces, que je grimpe sur son chargement de noix de cajou destiné au marché de Ziguinchor. La ville forme une sorte de trouée au milieu de la forêt. Des villages en banco entourent un quartier colonial dominé par une cathédrale massive devant laquelle je descends. Je reste un moment assis sur les marches, près des portes grandes ouvertes, à écouter une chorale de femmes qui chantent en dialecte africain. Je sors de ma poche la carte d'Afrique que j'avais détachée de l'atlas, dans le centre de documentation de Babelsberg. Pour éviter les déserts, les chaînes de montagnes, je dois tout d'abord me diriger vers Dakar, à plus de quatre cents kilomètres de Ziguinchor, puis de là traverser une partie du continent vers Bamako puis Mopti, au Soudan français, ce qui doit représenter mille huit cents kilomètres supplémentaires ! Je me lève, me mets en route vers le port fluvial. Un vieux rafiot attaqué par la rouille se balance en grinçant contre le quai. Tous les jeudis, pour l'équivalent d'un de mes billets de cinq marks, il rejoint Dakar en remontant le fleuve Casamance, puis en longeant la côte. Un marin aussi vieux et délabré que son navire tient son commerce de passeur à l'ombre de la proue.

Je m'adresse lentement à lui en français, en essayant de masquer mon accent.

— Je veux aller à Dakar...

— Pas de problème, il reste de la place pour demain. Départ à six heures du matin...

Il prend le papier-monnaie que je lui tends, vérifie le filigrane au soleil.

— Je ne sais pas où tu as eu ce billet, petit, et je ne chercherai pas à le savoir. Mais avec ce qui se passe en Europe, il se pourrait bien qu'il ne vaille plus rien demain ou après-demain. Je ne peux pas prendre de risque... Si tu veux un ticket pour monter sur le *Général-Laperrine*, il va falloir doubler la mise...

— Il est à moi, je l'ai gagné...

Il se penche au-dessus de la planche posée sur deux fûts qui lui sert de bureau.

— Tu as un drôle d'accent, on dirait... Un accent pas banal... Parle encore un peu... Tu es quoi ? Peul, wolof, toucouleur ?

— Je viens de Bissau...

Il se met à rire.

— D'accord ! Alors on va dire que c'est de l'argot portugais... Tu vois, je ne suis pas difficile.

Je me retourne pour sortir un second billet de ma cachette, puis je le pose devant lui. Il rejoint le premier dans sa poche, avant que le marin prélève un ticket de son carnet à souche.

— Eh bien, voilà, ce n'est pas plus compliqué que ça ! Tiens... Sois à l'heure. Il n'est valable que pour demain. La maison ne rembourse pas. Les retardataires font le voyage à la nage !

Je décide de rester dans les parages. Après avoir réussi à changer mes deux derniers billets dans une officine moins gourmande que sur le quai, je m'installe sous le porche d'un hangar à bateaux qu'une mince bande de terrain sépare de la mangrove. Au fur et à mesure que le soleil décline, des groupes de plus en plus fournis envahissent le quartier. À la nuit tombée, c'est près d'un millier d'hommes et de femmes, d'enfants, qui peuplent les quais, les trottoirs. On fait des feux pour griller du maïs, des brochettes, du poisson, on déplie des couvertures pour passer la nuit sous les étoiles. Une famille pose ses bagages, ses sacs de denrées, tout autour de moi. Je suis comme absorbé par les oncles, les cousins, les neveux, au point qu'au moment du dîner on me tend un bol de soupe. On maintient l'obscurité à distance en alimentant les brasiers, en parlant, certains chantent dans des langues mélodieuses dont pas un mot ne m'est connu. Puis le silence se fait, troublé seulement par les clapotis de l'eau et les stridulations des insectes.

On me secoue l'épaule alors que je pense ne m'être endormi qu'une minute plus tôt. Il fait jour bien que le soleil soit encore retenu par la forêt. Je me redresse et m'aperçois que je suis seul près du hangar. Des centaines de passagers arpentent déjà les coursives, s'accoudent aux bastingages. La file sinueuse qui prend naissance au pied de la passerelle du *Général-Laperrine* diminue à vue d'œil. Je suis l'un des derniers à tendre mon ticket au vieux capitaine avant que des marins ne hissent, à la force de leurs bras, l'escalier qu'ils arriment au flanc du navire. Des pirogues nous accompagnent pendant que le mastodonte s'éloigne du quai et qu'il traverse les derniers faubourgs de la ville en lançant des appels de sirène. Plus loin, quand le fleuve s'élargit, ce sont des dauphins qui nous saluent de leurs cabrioles. Tout se passe bien pour moi au cours des premières heures de navigation en eaux calmes, mais mon estomac vide se révulse dès que le *Général-Laperrine* se met à danser sur les vagues qui agitent l'océan. Je deviens liquide à mon tour. Je passe les deux jours que dure le voyage sur le premier pont, dans un état comateux, et ce n'est que dans les dernières heures, à l'approche de Dakar, que je parviens à manger une galette de pain.

Dès que je mets un pied mal assuré à terre, je prends conscience de l'atmosphère étouffante qui règne dans la capitale de l'Afrique-Occidentale française. Le soleil masqué par d'épais nuages chauffe l'air saturé d'humidité, mais il ne fait en cela qu'ajouter à la tension. Une menace sourde pèse sur les rues, sur les habitants qui ne peuvent se déplacer qu'en se heurtant à des barrages de police, à des cordons de soldats en armes. Dépourvu du moindre papier, je risque d'être arrêté au premier contrôle. Je traverse le quartier en aidant un ancien à ramasser les ordures déposées dans les caniveaux et à les jeter dans la carriole puante tirée par un âne que harcèlent des centaines de mouches. Je ne croise qu'une seule fois le regard du vieil homme. C'est suffisant pour comprendre qu'il ne me dénoncera pas. Nous sommes en vue de la gare d'où les trains s'élancent vers Bamako, quand trois avions émergent de la brume et piquent vers le sol dans un rugissement effrayant. La panique s'empare immédiatement de la foule qui se disperse en tous sens. Les animaux se cabrent, renversent leurs charrettes, les échoppes s'effondrent, les fruits roulent dans le sable... Je suis à peu près le seul à être demeuré debout et, le nez levé vers le ciel, je vois danser des milliers de feuilles de papier, comme une pluie blanche qui tomberait au ralenti. Je lève les bras pour saisir un papillon virevoltant. Une croix de Lorraine inscrite dans les couleurs du drapeau français précède un texte : « Les Forces françaises libres placées sous l'autorité du général de Gaulle sont venues rétablir la France dans ses territoires d'Afrique. Avec la liberté, elles assureront le ravitaillement de la ville de Dakar et de tout le Sénégal... » Me reviennent alors à l'esprit des conversations surprises entre deux nausées sur le paquebot. Un vieux maréchal de France, Philippe Pétain, vainqueur de la Grande Guerre, se serait rallié à l'Allemagne, tandis qu'un jeune général, ce Charles de Gaulle qui s'adresse à nous depuis le ciel, se serait réfugié à Londres d'où il appellerait à la poursuite de cette nouvelle guerre entre deux de mes pays...

Je pénètre sous l'arche centrale de la gare dans laquelle des centaines de personnes ont trouvé refuge. Il me faut plus d'une heure pour accéder au guichet. Je comprends que l'argent dont je dispose me permettra d'aller jusqu'à Kayes, à la moitié du périple de mille deux cents kilomètres qui mène à Bamako. Quand je sors, les avions sont de retour. Les pilotes s'enhardissent à voler à basse altitude au point que l'on arrive à distinguer leur silhouette dans le cockpit. Leur audace provoque la réaction des autorités de la ville acquises au Maréchal. La défense antiaérienne lance ses premières salves. Les obus éclatent en étoiles autour des appareils qui reprennent de la hauteur avant de disparaître vers l'escadre franco-anglaise visible à l'horizon, en direction de l'île de Gorée. Des chasseurs se lancent à leur poursuite en tirant des rafales. Habitué au passage des forces navales dans le port de Duisbourg, je reconnais les formes caractéristiques de sept bâtiments, un porte-avions, trois croiseurs et autant de contre-torpilleurs. Le silence s'empare alors de la ville, un silence que personne ne veut rompre ; on retient ses gestes, on évite de parler, de tousser, de peur de déclencher la catastrophe. Elle survient pourtant, inéluctablement, précédée par quelques tirs d'armes automatiques, vers le marché de la rue Dagorne, et aussi près de l'hôtel de ville. Ce n'est que l'amorce. Soudain, tout se met à trembler. Les canons de marine ont pris la ville pour cible. Les bombardiers ont pris le relais des avions chargés de papier. Des dizaines d'obus explosent, faisant voler en éclats les commerces de bois et de tôle, les déflagrations éventrent les bâtiments blancs des avenues rectilignes, dispersent dans les airs les pièces métalliques des voitures, des camions. Les morts, les blessés jonchent les rues tandis que des fumées noires s'élèvent, se courbent au contact du ciel bas. Autour de moi, contrairement à la première alerte, on ne court pas, les gens sont paralysés, à la manière de ces boxeurs qui viennent de recevoir un coup fatal et qui restent groggy debout, avec au bout des bras des gants qui maintenant pèsent des tonnes. Une femme habillée d'un boubou bleu nuit me prend par le bras.

— Il ne faut pas rester ici, la mort va venir ! Cours ! Dépêche-toi !

Encore affaibli par le voyage, je dois déployer de terribles efforts pour me maintenir à sa hauteur. La rue numéro 11 n'est plus qu'un champ de ruines. Nous courons pendant de longues minutes au milieu de centaines d'autres personnes, jusqu'à dépasser les faubourgs et arriver dans une forêt de filaos. Dans une clairière, un marabout de la communauté léboue organise un rituel mystique qui se termine par l'égorgement de trois bœufs dont le sacrifice devrait faire cesser les combats. Ils s'apaisent avec l'effacement du jour, mais au petit matin les coqs n'ont pas encore chanté que le bombardement reprend de plus belle. Les objectifs ont l'air d'être plus précis : seuls les centres d'entraînement, les casernes, les dépôts de matériel sont visés. Une rumeur circule selon laquelle le haut-commissaire en poste à Dakar a décidé de faire partir le train pour Bamako avec deux jours d'avance, afin de le mettre à l'abri. Je décide de tenter ma chance. Je traverse des quartiers déserts, contourne des cadavres dont personne ne se soucie, glisse sur des mares de sang. Un chien fuit à mon approche. Je crois reconnaître une main humaine entre ses crocs. À un moment, je m'immobilise en entendant le piétinement saccadé d'une troupe en marche. Je me plaque contre la façade d'une école, m'avance lentement. Arrivé au coin de la rue, je risque un regard sur la droite. Un groupe d'une vingtaine d'hommes s'est placé en deux rangs, le premier genou à terre, le second debout derrière. Ils arment leurs fusils et, sous le commandement d'un officier, ils font feu sur trois autres soldats noirs désarmés. Je rebrousse chemin, fais un détour pour éviter la troupe en représailles.

D'autres militaires ont pris position sur la place de la gare. Ils tiennent à distance des centaines de candidats au voyage. Pas besoin d'être un génie pour comprendre que tous ceux-là n'ont qu'une chance infime de monter dans un des wagons du Koulikoro, comme les cheminots ont surnommé le train de Bamako. Je m'éloigne du bâtiment dont je longe la verrière. Puis c'est le convoi lui-même, protégé par des tirailleurs, que je remonte, à deux cents mètres en parallèle. Quand je suis parvenu à hauteur de la locomotive, je tente le tout pour le tout. Ici, à part le halètement de la vapeur, le calme règne. Je bifurque en angle droit, vers la gauche, et marche de la manière la plus détachée possible vers deux fantassins africains qui discutent près du wagon empli de charbon. Le plus grand des deux me regarde, me lance une phrase dans une langue que je ne connais pas. Je ne ralentis pas l'allure, me contentant d'afficher un sourire sur mes traits. Quand je ne suis plus qu'à trois ou quatre mètres, le colosse braque son fusil sur ma poitrine.

— Halte ! Où tu vas ? Tu ne sais pas que c'est interdit ?

Je lève les mains sans cesser d'avancer vers eux. À un mètre, je baisse lentement mon bras droit. Mes doigts glissent vers ma poche de pantalon pour y prendre deux billets de dix francs A-OF que je leur tends. Le sourire passe de mon visage aux leurs. Ils m'aident à grimper dans le tender. Je m'accroupis derrière un tas de charbon, dissimulé par de vieux chiffons. Le convoi s'ébranle une heure plus tard, alors que, dans le ciel, un combat aérien oppose une escadrille fidèle au Maréchal à des biplans Swordfish très lents à la manœuvre. Touchés, deux avions anglais s'abîment en mer tandis que se déploient les corolles blanches des parachutes de leurs pilotes. Après quelques kilomètres, l'aide-mécanicien quitte la cabine de conduite. Il se saisit d'une pelle et commence à enfourner du charbon dans la gueule de la chaudière. Nous traversons Thiès au ralenti, sans nous arrêter comme c'est le cas en temps ordinaire. Quand il faut redonner de la force à la machine, l'aide soulève les guenilles et me tend sa pelle.

— Je ne sais pas comment tu t'es débrouillé pour venir te cacher là, mais maintenant il va falloir donner un coup de main pour payer le voyage...

CHAPITRE 11

Réservé aux indigènes

Je passe les deux jours suivants en compagnie de Roger, le conducteur moustachu de la machine, un Parisien qui autrefois faisait la ligne Paris-Lyon-Marseille, et de son aide, Demba, originaire de Rufisque, à trente kilomètres de Dakar où, d'après lui, les troupes du général de Gaulle ont essayé de débarquer, la veille, avant d'être repoussées. Après deux séances de pelletées, je suis couvert de suie, mais il me faut attendre la halte de Kidira, pour me rafraîchir, me nettoyer sous la trombe d'eau qui sert à remplir le réservoir de la chaudière. Nous avons quitté les interminables étendues de savane sablonneuse. Maintenant la forêt se fait de plus en plus dense. De nombreux voyageurs profitent des trois heures d'arrêt pour aller se tremper les pieds dans la rivière Falémé et acheter des légumes frais aux paysans qui cultivent des parcelles le long des berges. Plusieurs voyageurs africains (le plus véhément est habillé à l'européenne, chapeau, costume gris, souliers vernis) continuent de protester contre l'obligation qui leur a été faite de prendre place dans les wagons « réservés aux indigènes », alors qu'ils avaient payé pour des premières classes.

— Là, il n'y a pas de couchettes, pas d'accès au wagon-restaurant. Les toilettes sont bouchées... Ma femme est tombée malade... Deux jours dans ces conditions, elle ne tiendra pas...

Le contrôleur a beau lui expliquer qu'en raison des événements le haut-commissaire a décidé du rapatriement vers Bamako de plusieurs dizaines de fonctionnaires, rien n'y fait. Quand je rapporte la scène à Demba, alors que nous filons vers Kayes sous une chaleur de plomb, il dodeline de la tête en riant.

— Il faut être naïf, même quand on singe les Européens, pour croire qu'on peut être leur égal... Ce n'est pas parce qu'il a un costume croisé : comme on dit chez nous, l'habit ne fait pas le Blanc !

Je suis surpris qu'il le prenne ainsi à la rigolade.

— J'ai vu son billet, c'est vraiment un billet de première...

— Écoute, ça ne leur fait pas de mal, à nos frères, de s'apercevoir de ce que nous vivons tous les jours de notre existence. Dix ans que je fourre des tonnes de charbon dans la fournaise à bord de ce fichu train ! Tu crois qu'on m'a déjà permis de dormir dans un wagon-couchettes, de m'asseoir à une table du wagon-restaurant, de poser mon cul sur le trône des toilettes ? Je dors sur la tôle, je chauffe ma gamelle à la chaudière, je pisse par la portière... Et ça sera comme ça jusqu'à la fin de ma vie, et tu sais pourquoi ?

— Non...

— Parce que, quand je suis né, j'avais un billet « réservé aux indigènes » pour toute la durée de mon voyage sur terre. Voilà, petit, voilà pourquoi.

Nous nous séparons à Koulikoro, le terminus de la ligne. Des centaines de soldats vêtus d'uniformes disparates traînent autour de la gare. Alors que je bois un thé sur la place, avant de poursuivre mon périple, j'apprends de la bouche d'un commerçant que le traité d'armistice signé par la France a conduit à la démobilisation d'une grande partie des troupes coloniales. Des émissaires allemands sillonneraient le Soudan pour vérifier l'application de l'accord. Leurs officiers ont abandonné les tirailleurs à leur sort dans tout l'Empire, sans solde, sans ravitaillement. Ceux qui vagabondent dans toute la région avaient, dans un premier temps, été consignés dans une caserne de la ville qu'ils ont fini par quitter pour aller tenter leur chance à travers le pays. Selon lui, le nouvel administrateur, arrivé de Dakar quelques semaines plus tôt, s'y prend mal, et la révolte gronde.

— Il a institué le rationnement sur l'huile, le riz, le tissu... Maintenant, il faut avoir une carte d'alimentation pour se présenter au magasin... Je suis allé au bureau, pour qu'on me donne la feuille tamponnée. Là, on m'a répondu que les Blancs étaient prioritaires, qu'ensuite elle serait donnée aux « Soudanais évolués »...

Je lui rends son verre vide. Je m'éloigne, perdu dans mes pensées. Je me dis que s'il a, lui aussi, tiré le mauvais billet pour la vie, c'est peut-être qu'il n'y a que ceux-là en circulation, dans le monde des Noirs. Pour gagner Mopti, Demba m'a conseillé de remonter le fleuve Niger. D'après lui, il est calme en cette période. Le voyage dure plus longtemps que par la route, mais il a l'avantage d'être bien moins dangereux et bien moins fatigant. L'un de ses cousins, Wade, capitaine en second, navigue sur le *Bonne Chance*, l'un des bateaux réguliers qui fait la navette. Je devrais pouvoir m'arranger avec lui pour faire baisser le prix du billet, en échange d'un coup de main donné à l'équipage. Il manque justement un cuisinier. Je me retrouve à brasser la semoule pendant des heures dans une cale sans hublot alors que défilent les paysages qui me rapprochent du village de mon père. Moi qui parvenais à peine à faire cuire une omelette, j'apprends en trois jours de croisière à préparer le couscous sarakolé, les plats de patates douces, à doser les ingrédients, à surveiller la cuisson du djaratankai, du borokhé... Le soir, quand les ventres sont pleins, je grimpe sur le pont, je m'allonge sur le banc situé en contrebas de la cabine de pilotage. Je me laisse bercer par le clapotis de l'eau sur l'étrave. Je regarde les dessins étranges que font les branches des tamariniers, des acacias ou des rôniers sur le ciel orangé. Je salue les pêcheurs rassemblés autour de feux, sur la berge, ou plus loin les femmes qui travaillent encore dans les rizières. J'observe l'envol des oiseaux dérangés par notre passage, jusqu'à ce qu'ils se perdent dans la nuit. Au matin, à l'approche de Mopti, notre bateau doit manœuvrer au cœur d'un ballet de centaines de pinasses, ces longues barques effilées chargées de marchandises, de légumes, de poulets vivants, d'herbe pour le bétail, d'habitants qui font la traversée pour vaquer à leurs occupations. C'est jour de marché. Tout ce qui a des jambes ou des roues converge vers la cité qu'on croirait construite sur l'eau tant le fleuve Niger et la rivière Bani ont lancé des tentacules liquides en tous sens. La foule des commerçants et des acheteurs refluera dans l'après-midi. Peut-être aurai-je alors la chance de profiter d'un véhicule qui me rapprochera de Sinéré, à quarante kilomètres du port. Après les bombardements de Dakar, la promiscuité étouffante des wagons du Koulikoro, l'atmosphère de lassitude qui s'est abattue sur Bamako, j'ai l'impression, ici, d'être arrivé dans un autre univers.

Vers quatre heures, sous un ciel menaçant, je réussis à trouver une place sur le toit d'un autocar qui fait un crochet avant de filer vers le pays dogon. Quelques minutes plus tard, les nuages ne sont plus qu'un souvenir. Rien ne subsiste des paysages de marécages que nous avons traversés au sortir de la ville. On me laisse au plus près de Sinéré, au milieu d'une plaine sablonneuse écrasée de soleil, plantée de quelques arbres aux troncs étroits. La hampe d'un drapeau brille, plantée sur un fortin détruit. Je commence à marcher, avec une gourde d'eau tiède pour tout bagage, sur une piste imprécise que le vent balaie. Je ne rencontre qu'un berger avec ses chèvres efflanquées qui me montre la direction de l'ouest à l'aide de son bâton de pasteur. Je franchis une série de petites dunes avant de découvrir Sinéré. Je me laisse tomber à terre. Des larmes roulent sur mes joues, mais c'est le dépit qui les fait couler. J'ai parcouru plus de quatre mille kilomètres depuis Cacheu, depuis la Guinée-Bissau, bravé tant de dangers pour arriver là ! Tant d'efforts, et cette désolation en récompense ? Une quinzaine de maisons de terre rectangulaires se confondent avec le sol dont elles sont issues. Sur la droite, d'autres constructions tout aussi rudimentaires abritent le bétail. Près d'une mare boueuse alimentée par un filet d'eau qui serpente dans la plaine, des enclos de feuilles tressées protègent quelques potagers. C'est donc d'ici, de ce trou, que mon père Amadou Diallo est parti, il y a vingt-cinq ans, pour défendre la France...

Je me relève, franchis les dernières centaines de mètres. Je distingue maintenant des enfants au milieu des cultures maraîchères, des femmes qui travaillent agenouillées devant les maisons. Presque toutes ont un bébé assujetti dans le dos au moyen d'un tissu de couleur. Des anciens discutent sur le seuil en buvant du thé. Un chien aboie, il fait quelques pas vers moi sans oser m'approcher à moins de cinq mètres. Tout le monde se contente de me regarder sans esquisser le moindre geste. Un enfant d'une douzaine d'années se hasarde à me dévisager de plus près. Je me penche vers lui.

— Bonjour... Je cherche Galadio Diallo... Tu sais où il habite ?

Il ouvre de grands yeux, s'enfuit à toutes jambes. Je

me dirige alors vers un vieillard habillé d'une djellaba blanche, assis dans un fauteuil posé près du tronc d'un baobab. Je lui pose la même question. Il m'écoute en hochant la tête, ne me répond pas directement et entre en conciliabules avec deux autres anciens qui l'ont rejoint. À la suite de leur échange, il me fait signe d'attendre tandis qu'un des hommes traverse la place du village pour disparaître derrière un muret. Il se passe bien un quart d'heure avant qu'il ne revienne en compagnie d'un homme d'une cinquantaine d'années, habillé d'un short et d'une chemise ouverte qui laisse voir une impressionnante musculature constellée de cicatrices. Une de ses joues est traversée d'une longue estafilade. Il plante ses pieds nus dans le sable, à moins d'un mètre de moi.

— Je m'appelle Galadio Diallo. Il paraît que tu me cherches ?

— Oui, on m'a dit que si je passais par Sinéré, il fallait que j'aille lui présenter mes respects...

Le sourire qu'il amorce lui ferme à demi l'œil gauche.

— Ah oui, et qui est-ce qui t'a demandé ça ?

— Ma mère... Je suis le fils d'Amadou Diallo, du 2e bataillon du 25e régiment de tirailleurs sénégalais...

Il demeure interdit pendant de longues secondes, la mâchoire pendante, avant d'ouvrir les bras et de me serrer contre lui pour une étreinte interminable. Je reprends mon souffle quand il me relâche pour expliquer qui je suis à tous les villageois qui se sont rassemblés. Au cours des minutes qui suivent, je passe de bras en bras, on me détaille, on me palpe, on touche mes cheveux... Des femmes m'apportent de l'eau fraîche, du lait caillé, du pain. D'autres vont prendre deux chaises défoncées qu'elles posent près de l'ancêtre. Mon oncle s'installe sur l'un des sièges et me désigne le second. Dès que je suis assis, que j'ai fini de manger, de boire, il me pose des questions qu'il traduit ensuite pour l'assistance avant de lui livrer mes réponses. Je raconte l'Allemagne, les aciéries de Duisbourg, le port de Ruhrort, la rue Zwingli, les défilés des SA, les persécutions envers les métis du Rhin, la séparation d'avec ma mère, les studios de cinéma de Babelsberg, le voyage en avion par-delà les continents, et surtout la photo d'Amadou Diallo conservée dans la boîte à couture. La nuit nous enveloppe déjà, mais il faut que je reprenne, en mots, les chemins de São Domingos, de Ziguinchor, que mes phrases franchissent les estuaires du fleuve Casamance, du fleuve Sénégal, qu'elles voguent sur le Niger, que ma voix retrouve la cadence des boggies sur les rails du Koulikoro... Puis nous restons seuls, Galadio et moi. Je le suis jusqu'à sa maison, à l'extrémité du village, face au désert. Il me présente à une dizaine de personnes dont j'ai frôlé les visages, sur la place. Son épouse, ses enfants, des parents... Ma famille. Ce n'est que bien plus tard que je peux, enfin, me libérer des questions qui me brûlent les lèvres.

— Et mon père, il est où ?

— Je crois qu'il va bien.

— À Bamako, les rues sont pleines de soldats soudanais dont l'armée française n'a plus besoin... Il n'est pas rentré avec eux ?

— Non, mon frère est toujours resté en France après avoir quitté ton pays, il y a dix-huit ans... Personne ne savait qu'il avait eu un fils...

J'encaisse difficilement le coup. Il faut que je respire profondément pour reprendre la parole.

— Comment ça... Il ne vous l'a pas dit? Il ne vous l'a pas écrit?

— Depuis qu'il a pris l'uniforme, en 1917, il n'est jamais revenu à Sinéré. Il ne sait pas écrire, pas plus qu'il ne sait lire... Mais on a eu de ses nouvelles à chaque saison...

Galadio ouvre un coffre en bois, soulève quelques vêtements empilés et sort une grosse enveloppe pleine de reçus postaux qu'il fait glisser sur le couvercle replié du meuble.

— Quatre fois par an, il nous envoyait de l'argent. C'est grâce à lui que nous avons pu agrandir la maison, acheter les chèvres... Quand le payeur de la poste de Mopti est venu, au début de l'été, il n'y avait rien pour nous. Il nous a expliqué que c'était à cause de la guerre, que tout est bousculé. Mais la guerre est finie, et il n'y avait rien non plus cet automne...

Je reste plusieurs mois à Sinéré. Je finis par adopter la vie précaire de ses habitants qui passent leurs journées à des tâches éternellement répétées. Aller chercher l'eau à la mare, mener les bêtes vers les espaces où l'herbe parvient à pousser, entretenir le potager, partir glaner du bois mort à des kilomètres à la ronde pour cuire les légumes, les graines... Piler le mil, les arachides... J'accompagne mon oncle Galadio dans de longues marches à travers la savane pendant lesquelles il relève des pièges, en pose d'autres. Nous revenons avec des merles métalliques, des tourterelles, des francolins, que les femmes plument et fourrent d'herbes du désert avant de les cuire lentement dans des récipients en terre. Il ne parle pas beaucoup, mais je finis par comprendre, en mettant ses confidences bout à bout, qu'il a quitté Sinéré, lui aussi, avant mon père. Il dressait des animaux sauvages sur les marchés de toute la région qui entoure Mopti. Panthères, léopards, ce qui explique toutes les traces, sur son corps. Une blessure plus sérieuse que les autres l'a fait revenir dans son village, presque mort. Il ne me pose plus de questions depuis qu'il a remarqué que je ne fais pas les prières et que je lui ai dit que j'étais protestant.

À deux reprises, j'ai pris la piste des dunes balayée par le vent. J'ai marché jusqu'au fortin abandonné, et là j'ai attendu pendant des heures le passage de l'autocar pour Mopti. La première fois, j'ai erré dans la ville, me gorgeant des sons, des couleurs, de l'agitation, du spectacle des pirogues sur le fleuve, des plaisanteries des marchands. Mes pas m'ont entraîné vers le port, comme le matin, à Duisbourg quand j'allais chercher le pain. Je suis allé jusqu'au ponton, mais le *Bonne Chance* venait d'appareiller pour Koulikoro. La fois suivante, le bateau est à quai. Wade, le capitaine en second, le cousin de Demba, m'invite à boire un thé sur le pont, à partager quelques beignets de manioc.

— On dirait que ça ne va pas très fort...

Je lui raconte la vie laborieuse et sans surprise que je mène à Sinéré, la sensation d'étouffement qui ne me laisse aucun répit, l'attente sans espoir de nouvelles en provenance de France et d'Allemagne. Il saupoudre du sucre au-dessus de son gâteau.

— Je suis né au bord du rivage. Je ne pourrais pas vivre sans voir l'eau qui coule chaque matin. Je suis juste devenu un homme du fleuve... Toi, tu seras toujours un homme de la ville, et tu seras mort depuis des siècles que Sinéré n'en sera pas encore une ! En cuisine, le nouveau commis ne fait pas l'affaire. Tu peux reprendre ta place quand tu veux. Un jour à Mopti, trois jours sur le fleuve, les deux derniers à Bamako, la semaine passe vite, les mois s'enchaînent...

Je prends ma décision alors que le mois de janvier est déjà bien avancé. Un pigeon vert est resté accroché dans les nasses de Galadio. Il extirpe les pattes du volatile affolé des mailles du filet quand je lui annonce mon départ. Il ne se retourne pas, ne dit rien. Seules ses mains, en relâchant l'étreinte, trahissent son émotion. L'oiseau en profite pour échapper au piège.

CHAPITRE 12

Les chenilles de Lyon

Je passe toute l'année 1942 et une partie de la suivante au fil de l'eau. Le chef cuisinier m'a confié le soin d'approvisionner le bateau. J'ai appris à connaître tous les fournisseurs, que ce soit sur les marchés ou sur les berges. J'achète l'agneau à Keffabougou, les poulets à Ségou, le tamarin et les feuilles de bissap à Markala, le thiof et la dorade séchée à Bamako, quelquefois des yets quand ils me plaisent, le vin de palme à Diosso. Je me lance dans des plats plus compliqués comme le kaldou ou le kethiakh qui me valent les compliments des clients. Ceux qui s'installent au restaurant, sous les toiles tendues, sont pour la plupart européens. Des « notables indigènes évolués », comme on surnomme les quelques fonctionnaires d'origine africaine qui font la navette, prennent également place sur la terrasse, pour se montrer. Tous les deux ou trois mois, je prends le car pour Sinéré. Je fais le tour du village, je salue les anciens, puis les femmes, puis les enfants. Ensuite, je me présente à la porte de la maison de Galadio. Son épouse nous sert le thé, cuit des galettes sur le feu de bois. Avant de partir, je profite d'un moment où il a le dos tourné pour soulever le couvercle du coffre et poser quelques billets sur l'enveloppe lourde des « nouvelles » de mon père.

Il y a quelques semaines, alors que nous arrivions à Bamako, des avions sont passés à basse altitude, puis nous avons aperçu une colonne de camions militaires, sur la route, précédée de véhicules blindés. Des soldats français avaient pris place sur le ponton alors que nous accostions. Ils ont encadré l'adjoint du haut-commissaire ainsi que des administrateurs qui revenaient d'une tournée d'inspection à Mopti, leurs fusils braqués. Nous regardions à distance, depuis le poste de pilotage, et Wade s'était tourné vers moi.

— Tu y comprends quelque chose ? Je n'ai jamais vu ça ! Voilà qu'ils s'arrêtent entre Blancs...

Au même moment, j'ai remarqué la croix peinte sur les portes des camions garés à l'écart, près du marché, la même croix à deux branches que celle qui était imprimée sur les tracts lâchés par les avions, à Dakar.

— Je crois bien que les partisans du Général sont en train de se venger des amis du Maréchal...

On a appris par le journal du lendemain qu'un débarquement de troupes américaines avait eu lieu sur les côtes algériennes. Toute l'Afrique-Occidentale française avait fini par se rallier au général de Gaulle. On voyait même, sur une photo, le grand chef Boisson, celui qui ordonnait qu'on fusille les révoltés dans les rues de Dakar, faire allégeance au nouveau pouvoir. Puis, comme le fleuve Niger qui en avait vu bien d'autres depuis des millénaires, la vie a repris son cours ordinaire. J'avais fini par penser que les soubresauts de l'histoire des hommes n'avaient plus de conséquences sur ma propre existence. Le dernier voyage que j'effectue à Sinéré me ramène cruellement à la réalité. Je comprends qu'il se passe quelque chose d'anormal quand mon oncle vient à ma rencontre dès que je franchis la dernière dune. Il me prend dans ses bras, comme au premier jour, et, la main posée sur mon épaule, me conduit jusque chez lui. Une photo de mon père est posée sur le coffre, près d'une médaille attachée à un petit morceau de tissu. Les nouvelles autorités ont débloqué des milliers de lettres et de colis frappés par les règlements restrictifs de l'ancienne administration, par la censure. Galadio me tend une lettre, me demande de la lui lire. Dès la première phrase, ma voix se brise, mes mains se mettent à trembler. Il me faut faire un effort démesuré pour retenir les larmes qui déforment les lignes tracées sur le papier à en-tête de la France libre.

La Croix de guerre est décernée à titre posthume à Amadou Diallo du 25e régiment de tirailleurs sénégalais, né à Sinéré (Soudan français, A-OF) le 12 février 1899, pour la bravoure dont il a fait preuve lors des combats de Chasselay (Rhône) les 19 et 20 juin 1940.

Circonstances :

Les 19 et 20 juin 1940, le 16e corps blindé allemand fait route par les nationales 6 et 7 vers Lyon déclarée "ville ouverte". Deux lignes défensives ont pour mission de retarder au maximum l'avance allemande en attendant la signature de l'armistice qui interviendra le 22 juin 1940. Au nord de Lyon, le 25e régiment de tirailleurs sénégalais constitue le seul point fort de notre système de défense et contrôle près de 20 km de front en jonction avec le lit de la Saône. Deux bataillons reçoivent l'ordre de combattre sans "esprit de recul". Le 19 juin, à Montluzin (commune de Lissieu) ils contiennent les forces ennemies, stoppées à cinq cents mètres devant le couvent. Mais, au bout de quelques heures d'affrontements, ils sont submergés. Les Allemands s'emparent du couvent, achèvent les soldats africains blessés, assassinent les prisonniers. Plusieurs officiers européens subissent le même sort pour avoir commandé à des Noirs.

Le lendemain, la 3e Compagnie entre au contact de l'ennemi à Chasselay. Le capitaine Gouzi décide de ne pas se rendre et de se battre jusqu'à épuisement des munitions. Il est fait prisonnier avec ses hommes au terme de deux heures de combats acharnés. Les soldats du régiment d'infanterie Großdeutschland séparent les prisonniers en deux groupes distincts. Les Blancs en tête, les Africains derrière. Tous suivent le chemin du hameau des Chères. Au lieu dit "Vide-Sac", les deux colonnes de prisonniers doivent s'immobiliser. Les fantassins allemands ordonnent aux Blancs de s'allonger face contre terre. Ils ordonnent aux Noirs de courir vers le champ qui borde la route. À ce moment, les chars allemands, garés en retrait, ouvrent le feu à la mitrailleuse de bord. Les survivants de la tuerie sont achevés, puis les corps sont écrasés sous les chenilles des chars.

L'après-midi, dans le minuscule cimetière de Sinéré, au milieu des tombes de mes ancêtres, je rends hommage à un corps absent. Je m'apprête à repartir vers le fortin délaissé pour attendre l'autocar, mais Galadio me demande de le suivre jusqu'à la maison.

— Le moment est venu de te donner quelque chose qui t'appartient.

Il ouvre le coffre, se penche pour y chercher deux lettres que personne n'a jamais ouvertes et me les tend. Je reconnais immédiatement l'écriture décidée de ma mère, « Amadou Diallo, aux bons soins de Galadio Diallo, Sinéré (par Mopti), Soudan français », je regarde les deux timbres allemands, le tampon avec le nom « Duisbourg », le prix astronomique des vignettes qui témoignent d'un temps révolu : « 15 millions de marks », « 100 millions de marks »... J'attends d'être seul pour ouvrir ces courriers rescapés, le soir, sur le pont du bateau. Le premier a été envoyé en juin 1922. Je la déplie avec précaution :

Mon grand amour,

Je ne vis plus depuis que tu es parti avec ton régiment. Je ne cesse de repasser devant les endroits où nous étions ensemble. Te souviens-tu de cette promenade dans la forêt de Duisbourg et de cette auberge au milieu de la forêt. Je suis sûre que c'est là que notre enfant a été conçu. Car, Amadou aimé, tu vas être père. J'attends de tes nouvelles le cœur battant.

Ton amour pour toujours : Irmgard.

La dernière lettre date de la fin de la même année. Une photo est jointe à la feuille de papier. Ma mère, souriante, appuie son dos à la façade d'une maison de Duisbourg, un poupon dans les bras. Une femme en laquelle je reconnais l'infirmière de l'hôpital protestant de Cologne se tient à ses côtés.

Diallo adoré,

Ton fils est né, il y a quinze jours maintenant, chez des amis qui ont bien voulu m'assister. Je lui ai donné le nom d'Ulrich parce qu'il va devoir vivre ici, en Allemagne. Mais je lui ai aussi donné celui de Galadio en me souvenant de tout le respect que tu as pour ton frère aîné. Je souhaite de tout mon pauvre cœur que tu ailles bien et que ce petit être ait la force de nous réunir à nouveau.

Ton amour pour l'éternité : Irmgard.

À l'arrivée à Bamako, je ne trouve pas le courage de faire mes adieux à Wade et à tous les compagnons avec lesquels je navigue sur le fleuve Niger depuis plus d'un an et demi. On se donne rendez-vous, comme à l'habitude, pour dans deux jours. Je me rends directement à la gare. J'achète un billet pour Dakar. Je monte jusqu'à la locomotive, avant le départ, mais ce n'est pas Demba qui est de service. Dès mon arrivée, je me rends à la caserne des Madeleines où je m'engage. On me transfère immédiatement au camp Faidherbe-de-Thiaroye, dans la banlieue de la capitale. En trois mois d'entraînement intensif, on fait de moi un soldat de la 9e Division d'infanterie coloniale, même si je dois serrer les dents quand l'adjudant me traite de « Boche bronzé ». La première opération à laquelle je participe, en juin 1944, a pour objectif la Corse que nous libérons en quatre jours. Puis c'est le débarquement sur le continent, à proximité de Toulon enlevé après une semaine de combats. Nous remontons vers le Jura, les Vosges, pentes comme plaines recouvertes par une neige abondante. Nous nous assurons de Mulhouse et du bassin potassique au prix de très lourdes pertes. Chaque mètre gagné se paie au prix du sang. Ce n'est qu'au printemps suivant que je peux enfin tremper mes mains dans l'eau du Rhin, près de Lauterbourg.

Il me suffirait de remonter le fleuve vers le nord pour rentrer chez moi, mais les généraux en ont décidé autrement. Il faut encore se battre dans Karlsruhe, autour de Baden-Baden. L'été 1945 s'est déjà installé depuis plusieurs semaines quand, revenu à la vie civile, une Jeep me dépose à Duisbourg. Le spectacle qui s'offre à mon regard est effrayant. Cela fait plus d'un an que je ne traversais plus que des fantômes de ville, mais dans celle-là vivaient les miens, et mes souvenirs ne parviennent plus à se fixer sur cet amas de ruines. Plus rien ne subsiste du pont qui reliait Homberg à Ruhrort. Les usines qui défiaient l'horizon, tout comme les aciéries qui embrasaient le ciel ont été jetées à terre. Ce ne sont plus que des enchevêtrements de métal noirci, des jungles de poutrelles tordues, brûlées. Les cheminées sont couchées sur le sol, les hauts-fourneaux réduits à l'état de gravats. Des carcasses de cargos jonchent les darses bombardées du port, les piles du pont transbordeur s'affaissent, la vieille ville a pratiquement été effacée de la carte. Je demande au chauffeur de la Jeep de me laisser sur le quai au charbon. J'enjambe des débris de grues, des murets effondrés, des poutres d'entrepôts incendiés, pour arriver à l'écluse, près des bassins de radoub. L'allée de platanes qui menait à la petite gare a été foudroyée elle aussi. Par miracle, la salle d'attente des voyageurs a été sauvegardée ainsi que le portillon. J'emprunte le raccourci comme je le faisais autrefois. Je m'arrête, saisi par l'émotion. C'est là, sur la place, près de leur camion à plateau, que les miliciens sous les ordres de Dieter, le footballeur, se préparaient à la rafle des animaux.

La voie est libre, pour les bataillons bruns,
La voie est libre, pour l'homme des SA !
Des millions, déjà, espèrent en admirant la croix gammée,
Le jour de la liberté et du pain s'annonce.

Le nom de Takouze, la tortue de Déborah, me revient en mémoire. Je marche en évitant les trous creusés par les bombes. Le pavillon des Baschinger où je m'étais réfugié en ce dernier jour d'une autre vie n'existe plus, absorbé par un cratère géant. Ma démarche ressemble à celle d'un automate. Je tourne à droite dans la rue Zwingli et je m'immobilise, incrédule. La maison, ma maison, est toujours en place.

Une silhouette vient de passer derrière les rideaux. Je me mets à courir en criant : « Maman, maman... » La porte s'ouvre alors que je ne suis plus qu'à deux mètres de la barrière. Un homme sort, une béquille bricolée calée sous le bras, du côté où la jambe fait défaut. Lui sait qui je suis, c'est évident, mais il me faut du temps pour reconnaître les traits de l'oncle Ludwig dans le visage ravagé qui me fait face. Je me mets à crier.

— Où est ma mère ?

Il tente de sourire, s'approche en claudiquant.

— Ulrich ! Mon petit Ulrich...

Il s'est arrêté, me tend sa main droite par-dessus la barrière. La rage m'envahit.

— Arrête, ne prononce pas ce nom ! Je t'ai posé une question ! Ma mère, elle est où ?

Il balance sa tête décharnée de droite à gauche.

— Ils l'ont envoyée dans un camp, après ta disparition... On ne l'a plus jamais revue... J'ai fait tout ce que j'ai pu...

Je défonce la barrière d'un coup de botte, enjambe les débris de bois. Je me jette sur lui, le saisis par le col, la béquille tombe à terre.

— « Ils » ? Mais c'est qui « Ils » ? Tu n'en faisais pas partie ?

Le dégoût me submerge, plus fort encore que la rage. Je repousse Ludwig vers la façade sur laquelle il plaque les mains pour garder l'équilibre. Je tourne les talons, me perd dans la contemplation de la boucle du Rhin que le soleil repeint en bleu, et reprends ma marche vers les jardins ouvriers mystérieusement épargnés par les bombardiers. La cabane du grand-père disparaît presque sous les rosiers qui ont viré au roncier. Pourtant, le potager est entretenu, les rangs de haricots dégagés, désherbés. Manifestement, quelqu'un en prend soin alors que d'autres parcelles, tout autour, sont laissées à l'abandon. Je tire la porte, baisse la tête pour entrer dans le réduit. Me revient soudain en mémoire le hareng fumé que m'avait offert Déborah, le soir de ma fuite dans la ville enneigée. Peut-être est-il toujours là, posé dans son papier huilé, sur l'établi... Une ombre se dresse dans l'obscurité. Une voix féminine s'élève.

— Qui êtes-vous ? Que venez-vous faire ici ?

Je prends mon briquet dans ma poche, actionne la molette tout en parlant.

— Ce serait plutôt à moi de vous poser la question. Vous êtes chez mon grand-père...

L'espace d'un instant, quand je rencontre son regard éclairé par la flamme vacillante, le malheur s'efface.

— Déborah... J'avais perdu espoir... Déborah...

Elle se cogne à l'établi en reculant vivement vers la petite fenêtre dont elle tire le rideau. Une lumière oblique et grise éclaire une cuvette emplie d'eau, quelques ustensiles de cuisine cabossés alignés sur l'étagère où je posais les outils, une paillasse sur laquelle dort un enfant. La femme apeurée qui me fait face a une trentaine d'années, et des nattes blondes tressées encadrent son visage. Je renverse le capuchon chromé du briquet sur la flamme jaune.

— Excusez-moi... J'ai dû me tromper de cabane...

Après bien des difficultés, j'ai réussi à trouver une place dans un dortoir de l'ancienne pension Hansa, rue de Krefeld. Nous dormons à six dans une pièce qui devait sembler étroite à un voyageur de commerce, avant guerre. Les documents sur les personnes déplacées disponibles à l'hôtel de ville ne m'ont rien appris. J'ai simplement compris que les employés chargés d'établir le recensement des disparus, des survivants, étaient ceux-là mêmes qui dressaient les listes des déportés. On a fini par me confier, sous le sceau du secret, que des informations bien plus précises concernant la zone occupée par les troupes britanniques étaient centralisées au quartier général de Bad Oeynhausen. Mes états de service dans l'armée française, mes citations pour actes de bravoure m'ont ouvert les portes des archives en constitution dans une salle de cours réquisitionnée. J'ai longuement été incapable de lire la fiche d'Irmgard Ruden, ma mère, à cause des larmes qui obscurcissaient mon regard. Quand elles ont roulé sur mes joues, les mots écrits à l'encre noire se sont gravés à jamais dans mon esprit... Conduite antinationale, condamnée, déportée, Dachau...

Puis le soldat responsable du service, un docker de Manchester qui parlait quelques mots de français, a posé sur la table d'écolier le dossier portant le nom des Baschinger. Chaque lettre calligraphiée était comme une mine enfouie sur mon passage. Je savais qu'elles m'exploseraient au visage dès que je m'avancerais sur leur tracé. Éphraïm (né en 1897), Myriam (née en 1901), Jonathan (né en 1925) et Déborah Baschinger (née en 1922) avaient été déportés depuis Duisbourg vers Auschwitz le 17 octobre 1943. Suivaient les mentions des décès des parents et de leur jeune fils, en novembre de la même année. Pas celui de Déborah. Selon les renseignements communiqués par les autorités soviétiques qui avaient libéré le camp, il était possible que certaines des personnes n'apparaissant pas sur les états aient été transférées vers l'arrière, pour y être soignées. On m'expliqua également qu'une organisation juive, le *Yishouv*, avait constitué une filière clandestine de passage d'une dizaine de milliers de survivants vers la Palestine.

Je suis certain d'une chose : l'encre n'a pas séché sur le nom de Déborah. Je l'attends, ici à Duisbourg, comme ma mère avait espéré le retour d'Amadou Diallo, son amour venu de Sinéré.

Suite des œuvres de Didier Daeninckx

Dans « Écoutez Lire »

MEURTRES POUR MÉMOIRE. Lu par Didier Flamand, Henri Courseaux et 8 comédiens. Réalisation par Georges Peyrou avec la conception graphique d'Élisabeth Cohat.

Aux Éditions Denoël

LA MORT N'OUBLIE PERSONNE (repris dans « Folio policier », *n° 60*).

LE FACTEUR FATAL (repris dans « Folio policier », *n° 85*). Prix Populiste 1992.

ZAPPING (repris dans « Folio », *n° 2558*). Prix Louis-Guilloux 1993.

EN MARGE (repris dans « Folio », *n° 2765*).

UN CHÂTEAU EN BOHÊME (repris dans « Folio policier », *n° 84*).

MORT AU PREMIER TOUR (repris dans « Folio policier », *n° 34*).

PASSAGES D'ENFER (repris dans « Folio », *n° 3350*).

Aux Éditions Manya

PLAY-BACK. Prix Mystère de la Critique 1986 (repris dans « Folio », *n° 2635*; « Folio policier », *n° 131*).

Aux Éditions Verdier

AUTRES LIEUX (repris dans « Folio », *n° 4222*).

MAIN COURANTE (repris dans « Folio », *n° 4222*).

LES FIGURANTS (repris dans « Folio », *n° 5024*).

LE GOÛT DE LA VÉRITÉ.

CANNIBALE (repris dans « Folio », *n° 3290*).

LA REPENTIE (repris dans « Folio policier », *n° 203*).

LE DERNIER GUÉRILLERO (repris dans « Folio », *n° 4287*).

LA MORT EN DÉDICACE (repris dans « Folio », *n° 4828*).

LE RETOUR D'ATAÏ (repris dans « Folio », *n° 4329*).

HISTOIRE ET FAUX-SEMBLANTS.

RUE DES DEGRÉS.

Aux Éditions Julliard

HORS LIMITES (repris dans « Folio », *n° 3205*).

Aux Éditions Baleine

NAZIS DANS LE MÉTRO (« Folio policier », *n° 446*).

ÉTHIQUE EN TOC (« Folio policier », *n° 586*).

LA ROUTE DU ROM (repris dans « Folio policier », *n° 375*. Une enquête de Gabriel Lecouvreur, dit le Poulpe).

Aux Éditions Hoëbecke

À NOUS LA VIE ! *Photographies de Willy Ronis.*

BELLEVILLE-MÉNILMONTANT. *Photographies de Willy Ronis.*

Aux Éditions Parole d'Aube

ÉCRIRE EN CONTRE, *entretiens.*

Aux Éditions Aden

LES CORPS RÂLENT.

Aux Éditions Syros

LA FÊTE DES MÈRES.

LE CHAT DE TIGALI.

Aux Éditions Flammarion

LA PAPILLONNE DE TOUTES LES COULEURS.

Aux Éditions Rue du Monde

IL FAUT DÉSOBÉIR.

UN VIOLON DANS LA NUIT.

VIVA LA LIBERTÉ.

L'ENFANT DU ZOO.

NOS ANCÊTRES LES PYGMÉES.

MISSAK, L'ENFANT DE L'AFFICHE ROUGE.

Aux Éditions Casterman

LE DER DES DER. *Dessins de Tardi.*

Aux Éditions l'Association

VARLOT SOLDAT. *Dessins de Tardi.*

Aux Éditions Bérénice

LA PAGE CORNÉE. *Dessins de Mako.*

Aux Éditions Hors Collection

HORS LIMITES. *Dessins d'Assaf Hanuka* (repris dans « Folio », *n° 3205*).

Aux Éditions EP

CARTON JAUNE. *Dessins d'Assaf Hanuka.*
LE TRAIN DES OUBLIÉS. *Dessins d'Assaf Hanuka*

Aux Éditions Liber Niger

CORVÉE DE BOIS. *Dessins de Tignous.*

Aux Éditions Perrin

MISSAK.

Aux Éditions Actes Sud

JAURÈS : NON À LA GUERRE.

Aux Éditions du Cherche Midi

LA MÉMOIRE LONGUE.

Simone WATBOT
Résidence du Centre

Composition CMB Graphic.
Achevé d'imprimer
sur Roto-Page
par l'Imprimerie Floch
à Mayenne, le 14 avril 2010.
Dépôt légal : avril 2010.
Numéro d'imprimeur : 76506.

ISBN 978-2-07-012953-9 / Imprimé en France.

175588